Finito di redigere in data 22/11/2017 alle ore 22:05.

Depositato presso:

BIBLIOTECA NAZIONALE CENTRALE DI ROMA - PATRIMONIO BIBLIOGRAFICO E DIRITTO D'AUTORE

Tratto da una storia vissuta veramente.

Al ricordo del mio Angelo.

Grazie per quello che mi davi ogni giorno, per avermi concesso i tuoi occhi, i tuoi sorrisi, le tue labbra.

Grazie per aver condiviso i ricordi più intimi, sia essi positivi che negativi, si cresce insieme
anche versando lacrime.

Grazie per i brividi, che mi sconvolgevano l'anima quando mi sfioravi, e per i morsi ed i graffi, che dentro di me non cicatrizzeranno mai.

Grazie per avermi sopportato,
ma soprattutto,
grazie di esistere.

Forse un giorno ci incontreremo di nuovo, tu alla finestra ad ammirare quei tramonti, che tanto ho amato nei tuoi occhi, ed io da lontano che vorrei essere quel sole, che ogni giorno nasce e muore in quei riflessi.

A tutti gli innamorati:

Non importa se vi sarà un prezzo da pagare.
Se la via sarà impervia.
Se sembrerà un vicolo cieco.
Se alle volte cadrai.
Se alle volte la sofferenza piegherà le ginocchia e affogherai nelle lacrime.
Rialzati e aggrappati alle radici, perché è quelle che stai costruendo, le radici di qualcosa che poi ti darà una ragione per vivere.
Provaci e non fermarti di fronte a niente e nessuno, altrimenti esisterai soltanto, morendo nel vortice dello stesso errore, l'amaro "Ma se solo avessi...".

"C'è qualcosa di sacro nelle lacrime. Non sono un segno di debolezza ma di potere. Sono messaggere di dolore travolgente e di amore indescrivibile."

Washington Irving

"Nessuno capita per caso nella tua vita. Chiunque vi arrivi è stato attirato da qualcosa presente nella tua emanazione."

Ruediger Schache

"Forse dirsi addio è sempre così: come tuffarsi da uno scoglio. La parte peggiore è decidere. Una volta che sei in aria non puoi fare altro che lasciarti andare."

Dal romanzo "Prima di domani" di Lauren Oliver

Silenzio.

Mi piace stare in silenzio, ascoltare quello che ha da dire, restare fermi lì, mentre sussurra racconti al vento, e allora perché non assecondarlo, anch'io ho qualcosa dentro che non riesco a trattenere, che voglio condividere con voi popolo di sognatori, qualcosa dal profondo, dall'intimo.

Ci sono periodi cupi nella vita, alle volte tanto scuri come il freddo, ma altrettanti belli come il sole, hanno tutti tante sfumature che sembrano arcobaleni di emozioni.

E spero dunque di riuscire a trasmetterle, come le ho provate io, quando le labbra tremavano, gli occhi affogavano e le mani non afferravano più nulla.

Un grazie di cuore a tutti voi, che come me, spero abbiate vissuto veramente almeno una volta nella vita.

Prologo

Era un giorno come un altro per il buio, attendeva sempre che la luna si voltasse per prendere in giro i colori.

Loro alla luce dell'esperienza, sapevano benissimo che sarebbe durato poco il suo gioco, perché o lei o il sole sarebbero tornati da un momento all'altro.

Però questa volta qualcosa li distolse, uno squarcio dal cielo che ruppe la nera desolazione.

Lo schianto fu pazzesco, miriade di frammenti riflessero la luce dappertutto.

Nel totale frastuono, nel mezzo del cratere, ali si schiusero, scuotendosi dai cristalli di luce.

Capelli lunghi rossi le coprivano le spalle, volteggiavano in aria come di vita propria.

Si voltò all'improvviso, la sua bellezza fu accecante, il cuore mi cessò di battere.

Non ebbi tempo d'un battito di ciglia, che mi baciò.

Vi racconto di lei...

Massimiliano Mammoli

RED ANGEL

-

WHEN LOVE RUSTS YOU

Romanzo

Independently published.

Le sue labbra erano calde e morbide, il loro tocco, mi trasportò via, mostrarono per un attimo che sembrò eterno, l'umana incomprensione, perfino sofferenza percepii.

Poi si voltò verso il sole o quello che rimaneva di una vecchia stella nana, ormai in procinto di scomparire, la terra tremò sotto i nostri piedi.

"Vieni con me!"

Le dissi.

"Possiamo farcela insieme!"

Lei mi fissò negli occhi, talmente profondamente che ebbi un sussulto. Aveva gli occhi in lacrime, si avvicinò e mi abbracciò con le sue ali dorate.

"Non ti devi preoccupare."

Mi disse.

"Andrà tutto bene."

Di colpo una forte esplosione tuonò lontano.

Inevitabile fummo colpiti, chiusi gli occhi e mi strinsi a lei.

Il calore fu insopportabile, sembrava l'apocalisse.

Mi risvegliai a terra, tutto era finito, gli arbusti in fiamme, rovine, il fumo danzava nell'aria.

La tosse mi aiutava a non infettare i polmoni dal risultato di quel delirio.

A fianco lì vicino, una piuma si agitava, il ricordo del suo sacrificio mi distrusse l'anima.

All'improvviso dietro di me una voce dolce, sussurrava di baciarla, mi voltai, ed era lei in sembianze più umane, nuda bellissima, i lunghi capelli rossi le coprivano i seni prosperosi, fui attratto dal suo infinito.

Il bacio fu qualcosa di unico, vissi i suoi occhi nei miei, sentii le sue labbra morbide, calde sulle mie, una scarica elettrica, mista di desiderio ma anche di pietà, mi attraversò la schiena, sentivo che era ricercato, sentivo che trasmetteva l'inizio di qualcosa di nuovo, a spese di qualcosa di cui percepivo un profondo dolore, abbandono e sofferenza.

Il mio unico desiderio, era che quel momento fosse eterno.

Sentii che il fuoco che divampava dentro, era nulla a confronto a quello che divorava il presente attorno a noi.

Un'altra esplosione più lontana, ci distolse per un attimo.

Tutto stava sgretolandosi intorno, anche se in quel momento eravamo nel nostro mondo, e il suo sorriso sapeva di vittoria sulla distrazione della dimensione materiale.

Mi guardò inclinando la testa verso destra e mi disse:

"Perché stai piangendo?"

Mi passai le dita sugli occhi, era vero, non ci avevo fatto nemmeno caso, era talmente forte quello che la sua aura emanava, che il mio corpo non riusciva a contenerne gli effetti.

"Deve essere il fumo!"

Esclamai sorridendo.

Lei mi accarezzò e avvicinandosi all'orecchio mi disse sottovoce:

"Sei così dolce."

Guardai a terra imbarazzato, muovendo la punta del piede, da destra a sinistra, come i bambini così innocenti, vorrebbero chiedere alla mamma di poter andare a giocare con gli amici.

Le sorrisi.

Si avvicinò, mi passò le dita lungo le braccia distese, mi prese per mano e mi disse:

"Ora dobbiamo andare."

La sua mano era soffice e vellutata, le dita affusolate e perfette, intrecciarle con le mie così grossolane e scolpite di calli, era d'impaccio, come chiudere la bocca alla pittura di un noto artista.

Sulla sinistra, ci lasciava un ciliegio in fiore, che piangeva i suoi petali nell'abisso sottostante.

La cenere ingoiava tutto, il vento l'accompagnava nel suo viaggio di conquista.

A parte i piedi che sembravano scomparire ad ogni passo, lei si erigeva con una camminata sensuale e fine, con i capelli lunghi che saltellavano sulle spalle, come fossero felici di salutare la vecchia strada.

Ad un certo punto mi fermai, lei si interruppe tirata dal mio braccio.

"Che succede?"

Disse con voce dolce.

"Chi sei?"

Le Chiesi con voce sospesa nell'incredulità.

"Non ha importanza ora, chi siamo, risponderò alle tue domande una volta al sicuro."

Le Annuii con il capo sorridendo.

"C'è ancora molta strada da fare."

Disse lei sistemandosi i capelli.

Mi accarezzò il viso, col suo fare ipnotico, prese la mano e ci incamminammo nuovamente.

La strada avanzava lentamente, il suo grigio veniva ogni tanto spezzato da qualche fiore sopravvissuto alla fame delle fiamme.

Nella mia testa mille interrogativi.

Chi è questa donna?

Qual è il suo scopo?

Perché ha scelto me?

Sembrava che mi conosca dapprima, e pure non avevo menzione di lei.

Avevo sempre sentito parlare di queste creature, ma non credevo potessero esistere.

Posso affermare ora, che i racconti e le leggende enunciate nelle calde sere d'estate, sorseggiando sidro di Elem, nelle putride locande del bosco degli Irebla, non davano giustizia, eravamo ben oltre la fantasia degli occhi.

Eppure era qui, e nientedimeno mi teneva per mano, dopo aver salvato la mia umile vita dalle grinfie delle tenebre.

La fissavo continuamente stregato dall'attrazione, sembrava un sogno in carne ed ossa, un corpo ora sensibile alla morsa del tempo.

Ad un certo punto arrivammo ad una radura, che non sembrava aver abbracciato l'apocalisse.

La vegetazione era rigogliosa, talmente perfetta che sembrava ci fosse qualcuno a governarne l'espansione.

Petali e pollini, attraversavano l'orizzonte accarezzando l'erba, lei dal canto suo sembrava non voler lasciarli andare, il vento impegnato a far sussurrare le foglie degli alberi, l'aiutava nell'impresa di afferrarli a sé.

Alcune Eloiccul luminose ci susseguivano, mostrandoci il percorso con un movimento a saliscendi da destra a sinistra, come a ritmo della musica che solo un direttore come madre natura poteva orchestrare.

Volsi il mio sguardo nuovamente su di lei, che si voltò allo stesso tempo dicendomi:

"Ti piace?"

"Si!"

Le risposi aggiungendo:

"È uno posto come tanti altri che ho vissuto, ma la tua presenza lo rende speciale."

Sorrise accennando un no con il capo.

"Sei tutto matto!"

Rispose ridendo di cuore.

Non finimmo un breve tratto di salita che un'immagine ci tolse il fiato.

I sorrisi imbarazzati che prima dipingevano il nostro volto, vennero immediatamente sopraffatti dall'incredulità.

Maestosa si erigeva la torre maestra della città degli Iroma, ingenti erano i danni causati dalla pioggia di detriti, non potemmo che rimanere bloccati di fronte a un tale cataclisma.

Lei ruppe il silenzio con voce straziata: "Non c'è tempo da perdere, hanno bisogno del nostro aiuto!"

La sua rossa chioma si alzò di scatto, e iniziammo a correre, senza nemmeno immaginare a quali sofferenze stavamo andando in contro, anche se per mano, avremmo affrontato qualsiasi realtà.

La stella si spense, non prima di mostrare tutta la sua potenza per l'ultima volta.

Il bagliore fu impressionante, il cielo bruciò di colpo.

Io stretto a lei, tra le sue piume corazzate, potei ammirare tutta quella potenza distruttiva.

Un anello di luce investì tutto lo spazio attorno spezzando la pace, distribuendo un inferno di fuoco.

Pregai in quel momento, pregai più di quanto avessi mai fatto prima.

"Stringiti a me!"

Disse lei.

"E se avrai ancora paura ti stringerò io più forte!"

Continuò.

Stretto in una morsa Angelica, chiusi gli occhi e svenni.

Una volta ripresi i sensi, celeri ci incamminammo.

Lei agilissima sembrava volare sul sentiero, arrancavo per starle al passo.

La torre era ancora lontana, corremmo a perdifiato, da una radura all'altra, attraversammo gli archi degli alberi di Odon, fino alle distese dei Itudac, dove prosperavano i pascoli dei sapienti Illavac, creature selvatiche, dall'aspetto maestoso e dalla portanza altrettanto solenne.

Arrivammo presso le caverne di Ecul.

Le chiamavano così, per un parassita che ne copriva gran parte della roccia, nutrendosi del muschio sulle pareti, emetteva luce spontanea dall'epidermide, come ad indicare d'esser sazio.

"Fermiamoci un attimo ti prego!"

Interruppi il silenzio.

"Non c'è tempo, ogni minuto che passa porta la morte su queste lande!"

Rispose tirandomi la mano.

"Ti prego!"

Sottolineai.

“Non ti sarei di aiuto se continuassi, vai se vuoi aspetterò qui."

Mi guardò sorridendo.

"Ma...".

Ribatté lei con voce soffocata come dal rimorso, guardando la strada che proseguiva avanti.

"Hai ragione scusa, ma dobbiamo fare presto, la coscienza inizia ad uccidermi."

Occupammo una rientranza più che una delle caverne, per non essere vittima di qualche abitante locale.

Queste caverne erano famose per i latrati che emettevano quando calavano le tenebre.

Mi svegliai di colpo senza rendermi conto di essermi addormentato.

Lei chinata accarezzava una sorta di funghi.

"Cosa fai?"

Le chiesi.

"Vieni qui."

Rispose lei.

"Avvicinati dai!"

Ribatté porgendomi la mano.

"Accarezzali anche tu, così come faccio io, vedrai che a modo loro sapranno ringraziarti!"

Sfiorai la loro superficie con timore, rimbalzavano al ogni tocco, era divertente vedere come mi toccavano di conseguenza.

"Quali meraviglie ci riserva la vita."

Dissi sopraffatto dall'incredulità.

Lei subito mi mise un dito sulle labbra per interrompermi.

"Sia zitto e ora guarda!"

Mi disse facendomi l'occhiolino.

I funghi iniziarono ad ondeggiare da destra a sinistra, come fossero persone che cantavano felici.

"Stanno cambiando colore lo vedi anche tu?"

Mi disse tutta emozionata.

Era vero sembravano diventare luminosi.

Ero pieno di perplessità.

"Continua a guardare, ci siamo quasi!"

Continuò lei prendendomi per mano.

La sorpresa mi spalancò gli occhi.

"Ecco il nostro fuocherello!"

Disse lei con un sorriso compiaciuto.

"Ma hanno preso fuoco?"
Esclamai incredulo.
"Questa è madre natura, non è poi così tanto cattiva."
Disse baciandomi la mano.
"Adesso riposiamo che ci aspetta una lunga giornata."
Sussurrò sbadigliando mentre si accovacciava di lato.
Prese ad accarezzarmi il viso.
"Non preoccuparti ci sono io adesso con te!"
Affermò dolcemente, mentre si vedeva chiaramente che il peso delle palpebre iniziava a farsi sentire.
Le sorrisi e mi spensi in un sonno profondo, chiedendomi e gli angeli dormissero realmente.
Mi svegliai di soprassalto, a causa di una goccia d'acqua che cadde dal soffitto direttamente sulla mia fronte.
Fuori aveva iniziato a piovere.
Lei era ancora nella posizione in cui la ricordavo prima d'essermi addormentato.
I suoi fianchi erano un saliscendi armonioso, il bagliore che emettevano i

funghi, sembrava danzare su di lei, come se l'accarezzasse.

Teneva un braccio sotto la testa, per stare più comoda, ma questo faceva sì, che parte del seno toccasse terra, il capezzolo sembrava baciare il terreno.

i capelli che in parte coprivano il viso, sembravano assorti nel sonno con lei.

Le sue gambe una sopra l'altra, assieme ai fianchi, avevano la forma di un cuore, il tutto finiva su dei piedi bellissimi con delle dita perfette.

Il viso era dolcissimo, così assorto in un sonno pieno di chissà quali sogni.

Le labbra semichiuse, erano carnose, formidabili ed eleganti seduttrici.

Non riuscii a trattenermi, feci scorrere la punta delle dita, lungo tutto il suo corpo, ogni centimetro, creava fermento, passione, mi chiedevo com'era possibile una creatura tanto perfetta.

Una goccia d'acqua le cadde sul fianco, corse fino all'ombelico, scivolò dentro e finì la sua corsa su una foglia a terra, che impotente del suo peso, l'accompagnò donando alla pietra il restante corso.

Fu un'immagine, che mi creò non pochi sussulti.

Lei bisbigliò qualcosa nel sonno, e mi morsi il labbro dalla sorpresa imbarazzato.

“Dormi!”

Credo mi sussurrò, senza scostarsi minimamente.

Gli accarezzai i capelli dicendogli:

“Non è niente tranquilla.”

Guardai il bosco di fronte, la pioggia era incessante, il suo crepitio, lei distesa, il profumo dell'erba bagnata nell'aria, l’insieme era qualcosa di magico.

Le cose che non sapevo di lei, quello che sarebbe successo, anche se da qui a breve, avrei avuto solo delle magre risposte, quest’attesa non faceva altro che addolcire, questo momento di estrema estasi.

Erano passate solo poche ore dal cataclisma, eppure mi sentivo sedotto, ma provavo anche emozioni quale ansia e paura allo stesso tempo.

Il bosco poco più avanti, copriva la visuale del percorso che ci divideva dal raggiungere la torre.

Ora aveva smesso di piovere, e le nubi nel cielo si stavano dissolvendo in gran fretta, lasciando spazio ad un tappeto di stelle, nel loro splendore sembravano poggiarsi sulle cime degli alberi, come a farsi cullare dal loro ondeggiare coccolate dal vento.

Tutto d'un tratto, un bagliore illuminò il cielo in direzione della nostra destinazione.

Non bastava la pioggia, adesso anche un bel temporale sta arrivando!

Pensai.

Un boato all'improvviso mi costrinse a chinarmi di colpo dallo spavento, non feci in tempo a capire cosa fosse successo che un'onda d'urto mi scaraventò a terra qualche metro più in là, finendo sopra alcuni cespugli.

Fortunatamente questi avevano attutito, la pressione della spinta, se fossi stato in campo aperto mi sarei rotto l'osso del collo.

Mi alzai di scatto, per correre da lei preoccupato, non feci nemmeno in tempo ad orientarmi, che lei emise un grido di terrore acutissimo, che mi costrinse a tappare le orecchie.

Con le braccia allungate verso il bosco antistante, lei cadde in ginocchio senza forze, e in un vortice di luce bluastra e fumo, svanì davanti ai miei occhi in un secondo.

Corsi immediatamente incredulo, fino a dove un istante prima la stavo osservando, a terra al suo posto c'era solo della polvere blu che luccicando mi scivolava via dalle dita.

"No, No, No!"

Urlai, gettandomi la polvere addosso, "non puoi farmi questo di nuovo, ti prego, ti prego, ti prego!".

Non riuscii nemmeno più a respirare, boccheggiavo come un pesce fuor d'acqua.

L'incredulità mi soffocava.

Dal cielo iniziarono a cadere foglie dagli alberi, spazzate dalle folate di vento susseguite poi, da uno strano odore simile allo zolfo che si levava nell'aria.

Baciai ripetutamente il terreno piangendo come un bambino, stringendo al petto una manciata di quella polvere come se sentissi lei ancora tra le braccia.

"Perché? Perché? Perché?"

Urlai disperato.

Caddi su un fianco, come un piccolo feto, incrociando le braccia.

In un attimo, sentii freddo, abbandono e disperazione.

"Si si adesso torni, tanto adesso torni!" Dissi guardandomi attorno freneticamente.

Da quel giorno, il susseguirsi delle lune non fece altro che aumentarne la tortura.

Era estate, sentivo ancora il profumo dei sui capelli, sovrastare i fiori di questa immensa prateria.

Fitte al cuore, mi rammentavano la sua scomparsa, le mani erano succubi di questo delirio.

Ero stremato, le gambe sembravano essere indipendenti, mi trascinato senza alcuno scopo verso qualcosa che non conoscevo, una casa la solitudine, in cui non avevo mai avuto dimora.

Ogni tanto voltandomi pensavo a lei, a quanto era bella, a quando con le braccia attorno al collo mi baciava, a quando la sua lingua scivolava sulla pelle.

Ero sempre convinto, che prima o poi sarebbe comparsa con un sorriso smagliante, e mi avrebbe detto:

"Piaciuto lo scherzetto?"

Ma il vento non tradiva le narici, non c'era lei a rendere dolce l'aria.

Sentivo rabbia, malinconia e tristezza, ero come immerso nell'apocalisse, dove la speranza era un granello di zucchero in un mare salato.

Avevo ancora molte cose da dirgli, da fare, da vedere e scoprire, cose che ormai erano morte con lei, sigillando questa chimera in una bara di cattivo gusto e dal ricordo amaro.

Alle volte il dolore era talmente insopportabile, che avrei preferito morire che continuare questo supplizio.

Eppure avevo una missione, l'ultimo suo desiderio, e non ci sarebbe stato nulla al mondo che mi avrebbe distolto dal portarlo a termine, l'ultimo mio regalo a quello che era stato l'amore della mia vita.

Era ancora lì, nella mia testa a rendere la realtà l'inferno in terra.

Potevo prendere in giro i demoni di esserci stato anche se non c'ero stato davvero.

Se c'era un Dio, com'è possibile che accadano queste cose, l'amore non è poi il senso della sua esistenza?

Affogavo nei pensieri, nei ricordi, saltavo dalla goduria di lei al vuoto più profondo, come in una giostra tra il bene e il male, che sapeva graffiare l'anima nel profondo.

Dovevo riuscire a raggiungere la torre ad ogni costo, sarebbe stato il primo pilone dal quale costruire la mia missione.

Lei adesso doveva diventare il mio Ittellof immaginario, seduta sulla mia spalla, insieme saremmo riusciti dove null'altro sarebbe nemmeno sopravvissuto, perché l'amore vince sempre.

Ho un casino nella testa, un labirinto di pensieri, dove il filo della ragione non serve a trovarne l'uscita, crea solo una matassa che intreccia tutto, rendendo la soluzione una mera illusione.

Un labirinto che forse ho creato per nascondermi, si, per non farmi trovare, per dire al mondo che non esisto, ma qui non ci sono solo specchi, ma i riflessi dei ricordi, che cercheranno di afferrarmi e a cui dovrò trovare il modo di scappare, per non venirne tirato dentro.

La cosa che ogni tanto mi solleva un mezzo sorriso, è che finalmente ho trovato uno scopo, fino a ieri ero un semplice agricoltore che tirava aratri per campare, ora salverò delle vite, compresa la ragione della mia, grazie a lei, al suo sorriso e al ricordo di quando dolcemente mi accarezzava, che con quella voce, rendeva il vento complice di un caldo brivido.

Ogni tanto guardai il cielo, le stelle ne definivano l'immenso, anche il loro silenzio non diceva nulla, eppure sarei rimasto lì ad ascoltarle per ore, degne compagne di strada mi indicarono la via, quella dove il mio cuore, un giorno avrebbe battuto all'unisono con il suo.

Finalmente il percorso scendeva, attraversando la valle degli Echi popolata dai fiori del canto, che davano titolo a questo luogo, un fiore cavo che emetteva fischi e toni cupi, in base alla direzione da cui il vento gli attraversava il suo particolare calice.

Gli antichi, ma anche gli abitanti dei villaggi vicini ancora adesso, li utilizzavano come preavviso naturale, per presagire l'arrivo di temporali.

Nell'aria si percepiva un profumo di violetta e vaniglia, un connubio questo che sembrava rendere l'aria un dolce da mangiare.

Con un balzo scavalcai un rivolo d'acqua e saltando da un masso all'altro, mi inerpicai su una piccola parete rocciosa, una volta in cima, potei scorgere la torre, ormai gran parte su un fianco, sembrava cedere nuovamente il suo spazio al cielo.

Alla base si notava un formicaio di fiaccole, spargersi in tutte le direzioni.

La situazione doveva essere critica.

Ad un certo punto, un'esplosione fece crollare parte di una vedetta in alto, il tassello precipitò al suolo, decine di fiaccole si levano in aria roteando su sé stesse, le altre immediatamente furono attratte come calamite alla base del disastro.

Dovevano essere i soccorsi.

Non persi tempo e corsi giù per la valle a perdi fiato, volevo evitare a tutti i costi che si spegnessero altri focolai di vita.

Arrivai alla base del bosco che contornava la torre, alberi fitti e imponenti, che per chilometri sembravano fare da recinzione prima dell'ultima radura.

Non conoscevo questo posto, ma la mia cresciuta esperienza nelle partite a the Damn Tower, mi metteva un po' i brividi, e se almeno qualcosa era vero di quello stupido gioco da tavolo, avevo qualche freccia in più nel mio arco.

Nelle dicerie, si nasconde sempre una mezza verità.

Mi addentrai con timore lo confesso, era particolarmente buio, e la poca luce della luna che filtrava tra i rami e le foglie, sembrava formare mille occhietti che ti torturavano l'immaginazione.

Sarà solo per questo che nessuno si è mai addentrato in questa intrigata ragnatela di rami?

Scoprirò presto se tutte quelle pedine che muovevamo, esistevano davvero.

C'era un silenzio che non mi rassicurava per niente, cercai di muovermi con l'attenzione di un Ipul che insegue la sua preda prima del balzo finale.

Continuavo ad essere cieco in questo vestito di maglia.

Mi fermai all'improvviso e dissi tra me e me a voce alta senza accorgermi:

"Stai zitto!”

Sentivo un rumore come di una corda che si lamentava del troppo carico che non riusciva a sopportare.

Sembrava diffuso non riuscivo ad agganciarne la reale posizione.

Ad un tratto un luccichio dorato mi paralizzò le gambe, il pomo di Adamo si mosse, e iniziai a tremare sudando freddo.

A pochi centimetri dalla mia testa, decine di frecce erano decise a farmi cambiare qualsiasi idea avevo in mente di portare a termine.

Da dietro questa collana di spilli, una voce ferma mi chiese:

"È la guardia reale della torre nera che parla, chi è costui che avanza nella notte?"

Non seppi cosa rispondere, anche perché cosa potevo raccontargli, che un Angelo mi aveva salvato dalla morte, che a sua volta è morto in una nuvola di polvere, che tuttora non so come si chiamava, e che dovrò salvare delle persone che non conosco nella torre?

"Parla o morrai!"

Urlò la guardia da lontano.

Appoggiai i palmi della mano sulle ginocchia chinandomi in avanti, e ridendo come uno schizofrenico, nei suoi ultimi istanti di vita.

La luna quella sera era al suo massimo splendore, sembrava voler a tutti i costi aiutarmi a far luce in questo intrigato mistero.

Anche lei aveva un sogno, qualcuno che cavalchi il suo riflesso, e con le stelle come gradini, arrivare a lei lasciandosi cullare dal silenzio della notte, scuro sipario lasciava riposare gli occhi dal palese riflesso.

Lei sola spettatrice degli amori più belli, mi avrebbe aiutato nell'arduo compito.

Sollevai lo sguardo al cielo, come fosse l'ultima preghiera, e notai che le pungenti estremità che fissavano fin poco prima la mia testa, si abbassarono di colpo.

Non vidi null'altro, ma potei sentire dei bisbigli di fondo piuttosto frettolosi, poi ci fu un movimento improvviso e sincronizzato.

"Lasciatelo andare è con me!"

Sentii pronunciare nell'oscurità.

"Quella voce... ".

Mi chiesi.

"È possibile che...".

D'un tratto il bosco sembrava prendere fuoco, un divampare istantaneo, quasi ipnotico, disegnava un anello perfetto di fronte ai miei occhi.

Torce di fuoco fecero fuggire rabbiosamente le tenebre.

Le lacrime, sì le lacrime, sembravano proteggermi, da questa effetto allucinante.

Una guardia frenò l'immediata resa delle mie ginocchia, mi rialzai ma sembravo cieco, con le braccia rivolte in avanti e le labbra che mi facevano balbettare.

"Sei tu?"

Dissi passandomi il polso sul viso.

"Sei tu?”

Ripetei ansiosamente.

Come un cucciolo che ritrova la mamma, dopo essersi perso, in preda ad un mondo che non lo voleva, spietato è senza rimorso, lui sporco ancora delle ultime avventure, che tanto i piccoli sognano da grandi, ma questa non l'aveva voluta lui, ne era solo un piccolo protagonista indifeso, assediato dalla morsa del freddo che tutto conquistava e di cui ne uccideva il tanto amato e ormai dimenticato calore.

Le sue mani calde si poggiarono sotto le mie guance, un tono di cui potevo sentire il calore sulla pelle mi disse:

"Vieni qui!"

Baciandomi delicatamente.

Poi fu l'abbraccio più dolce di sempre, qualcosa che non vorresti mai lasciare, qualcosa che ti nutre il cuore, che te lo fa scoppiare, con cui puoi vivere senza null'altro.

Le lacrime pesanti percorrevano le rughe come fiumi in secca, i singhiozzi riempivano il silenzio, lei mi baciava ripetutamente le guance stringendomi forte.

"Scusami!"

Disse.

"Ho dovuto farlo."

Replicò.

"Non sarei arrivata in tempo."

Non mi interessavano più le sue scuse, mi mancava talmente tanto, che la sua voce, il profumo dei suoi capelli rossi e le sue mani così delicate, furono come la cura per le peggiori delle malattie a cui non c'è sempre una spiegazione scientifica.

"Su raccogli le tue cose e andiamo, ti presento la mia gente!"

Disse baciandomi la fronte e fissandomi con quei grandi occhi, dove affogai senza esitazione alcuna.

La foresta era fitta, sembrava un certosino lavoro di maglia.

La nebbia la rendeva ancora più misteriosa, nascondendo continuamente la via agli occhi.

Avanzando lungo il sentiero, le piccole felci e i sottili fili d'erba, sembravano leccarci i piedi ad ogni passo.

La rugiada regnava sovrana in questo tappeto naturale.

L'odore dell'erba bagnata, dei funghi, delle resine degli alberi, l'aria fresca, anche l'umidità, sembravano essere come una tisana rilassante che solleticava l'olfatto.

La natura sapeva elegantemente mostrare di cosa fosse capace di realizzare, dall'atmosfera alla migliore delle fragranze.

I funghi sembravano spuntare all'improvviso dal terreno, come fossero curiosi delle nuove presenze.

Ce n'erano veramente di bizzarri, chi era tutto bianco, chi a forma di campanella, chi coperto da mille puntini bianchi, non lo so ma la fantasia mi portava ad immaginare, che mi stessero osservando con dei grandi occhioni dolcissimi.

Anche se sentivo il picchiettio del metallo delle armature della scorta che ci precedeva, il silenzio sembrava quasi una forma di rispetto da parte della natura nei nostri confronti.

Nel frattempo aveva iniziato a piovere, il ticchettio sul fogliame del sottobosco era come un accompagnamento alla nostra marcia.

Tener per mano lei, in questo luogo di magia mi riempiva il cuore di gioia immensa, era tutto così magico, avrei voluto che quel sentiero non finisse mai.

In fondo, si notava della luce aprire un varco, forse eravamo giunti a destinazione.

La musica celestiale a cui avevo appena abituato gli occhi, finì improvvisamente appena usciti dalla folta foresta.

Sentivo urla, dolore, ansia.

Gli occhi schizzavano da soli a destra e a sinistra, come se cercassero di trovare un punto morto dove distogliersi da quegli orrori, ma non c'era posto dove nascondersi, quella era la realtà, e non c'era tempo per riflettere più di tanto, bisognava agire ed in fretta, altrimenti altre anime avrebbero raggiunto il cielo.

Davanti a noi, la maestosa torre si ergeva con le sue grandiose lastre nere, verso il cielo come fosse, un'immensa autostrada, dove i veicoli sembravano procedere contromano, ma al posto loro erano le rovine a percorrerla, precipitando.

L'odore di morte bruciava nelle narici.

"Dobbiamo evacuare la torre!"

Urlò lei alle guardie.

"Immediatamente!"

Ribatté.

"Tu resta qui!"

Mi disse.

"Io devo entrare, trascina i feriti il più lontano possibile da qui, le guardie ti aiuteranno."

Poi lei scomparve tra la polvere, varcando l'immensa porta.

Venivo afferrato continuamente ai vestiti, urlavo loro:

"Sono qui, è finita, tranquillo adesso ti porto in salvo, non devi preoccuparti."

Qualcuno, non riuscì nemmeno ad ascoltare quello che dicevo, poggiò la testa ed emise l'ultimo respiro, forse per il fatto che si sentiva come già in salvo e la sorpresa l'aveva stroncato.

Chiusi loro gli occhi, accompagnando delicatamente le loro palpebre nell'ultimo viaggio.

Non ebbi lacrime in questo martirio, non ne ebbi abbastanza.

Le guardie accorrevano ad ogni mio richiamo, senza indugio con forza e senza alcuna esitazione spostavano rovine, come fossero dei fuscelli.

Non riuscivo a capire cosa sussurrassero ad ogni caduto, ma dolce era alla vista.

Si toglievano l'elmo luccicante, unendo le fronti e appoggiandogli le mani sulle tempie, pregavano con una determinazione impressionante, si poteva sentire un brivido sulla pelle, tanto era forte il rituale.

E per ognuno era uguale, non c'era fretta alcuna nel farlo, era il miglior saluto che si potesse ricevere in una situazione disperata come questa, sembravano morire assieme.

Ogni tanto alzavo il capo verso di loro, e lo sguardo che ricevetti era sempre di immensa approvazione, con un cenno dall'alto verso il basso ringraziavano il mio operato, mi facevano sentire uno di loro, mi facevano sentire a casa.

Erano centinaia i cadaveri in quell'ecatombe.

All'improvviso qualcosa mi finì negli occhi dopo una folata di vento.

Strofinando le palpebre cercavo di liberarmi dall'intruso, mi accorsi di avere le mani ricoperte di polvere grigia, guardando verso il basso notai di esserne completamente ricoperto.

Mentre mi toglievo di dosso tutto quel pulviscolo, ad un certo punto verificando anche tra i capelli, sollevai il capo e rimasi allibito da quello che vidi.

I corpi dei cadaveri venivano rapiti dal vento, ecco quindi l'origine della polvere che avevo addosso, si sgretolavano piano piano consumandosi, le vesti una volta a terra, perdevano il loro senso.

Rimasi immobile osservando quel tetro spettacolo.

Anche la foresta, con i suoi imponenti alberi, attraversati dal vento, sembrava ululare tristezza, come quando un lupo piange alla luna.

Ad un certo punto una delle guardie si avvicinò dicendomi:

"Ogni volta fa male, ogni volta è come la prima volta, noi gli auguriamo buon viaggio, sperando sempre che riescano a raggiungere i creatori, per occupare il posto che spetta loro."

La guardia parlava tenendo l'elmo contro il petto, anche in questo momento, dietro le quinte, dimostrava l'eterna fede che riponeva anche al di fuori degli atti.

"Dobbiamo andare avanti, la torre non reggerà ancora per molto."

Disse la guardia poggiandomi la mano sulla spalla.

Al sentire queste parole pensai immediatamente a lei, ormai era già da un po' che non faceva ritorno.

Ora il vento si faceva più forte, i vari incendi erano stati domati, scintille di fuoco e polveri, se ne andavano in giro danzando nell'aria, sembravano accompagnare le anime dei caduti verso il cielo, ed assieme al garrire di alcune bandiere, posizionate su alcuni stendardi poco sopra la grande porta, rendevano il paesaggio quello che sembrava esser stato un campo di battaglia.

Dove prima si potevano sentire le grida dei bambini, che scorrazzavano giocando allegri, i venditori ambulanti che urlavano le loro merci, nuovi amori che nascevano nei vicoli, tutti ignari di quello che sarebbe accaduto poche ore dopo.

Ora c'era solo il canto della morte a rendere muffa ciò che prima era in fiore.

Di tutto conosciamo il prezzo, di niente il valore.

È in momenti come questi che balenano nella mente questi pensieri.

La casualità aveva portato morte in queste lande, o almeno questo era quello che mi era dato sapere.

Alcune guardie trascinavano dei piccoli carri, per poi riporre al loro interno le vesti dei caduti, lasciando di nuovo al vento il compito di pulire ciò che restava.

"Un momento!"

Dissi alla guardia che pocanzi era con me "Posso farle una domanda?"

"Certamente siamo al suo servizio!" Rispose.

"Cosa c'è all'interno della grande torre?" "È un'informazione riservata, mi dispiace, l'accesso è consentito solo alla grande gerarchia di Angeli e alla guardia reale, quindi le chiedo cortesemente di desistere dal pensare di accedervi."

Era molto ferma la guardia nel dirmelo. "È un passaggio arcano e solo gli eletti possono attraversarlo, tentare di varcarlo senza averne i diritti, porterebbe a risalire e non ha bisogno che le spieghi cosa accadrebbe, ne ha già le mani abbastanza sporche…"

Continuò.

Al sentire di queste parole, cancellai immediatamente dalla mente, l'idea che balenò poco prima, di andare a cercarla, non restava altro quindi che attenderla qui, su questi grigi e amari cumuli.

Avevo la mente occupata da mille pensieri e da altrettante domande, e non avevo notato un particolare, in tutto questo susseguirsi di eventi.

Non c'erano né donne e bambini, o qualcun'altro non siano guardie e Angeli.

Forse erano riusciti a metterli in salvo da qualche parte, in quello che sembrava un piccolo labirinto far da base alla torre.

Questo era quello che volevo pensare.

Ad un certo punto, un suono provenire dalla torre mise in allerta tutto il corpo di guardia che era indaffarato nei vari compiti.

Sinergicamente si posizionarono in tutta fretta ai lati della grande porta, lasciando senza indugio qualsiasi cosa li stesse impegnando.

Uno di fronte all'altro, alzarono le proprie lance al cielo per poi poggiarne le alte estremità l'una contro l'altra, come per formare una porta e così via discorrendo.

D'un tratto usciva Lei, che con estrema eleganza, attraversava il saluto del corpo di guardia.

Mi affrettai a salire su di un carro che in quel momento era lì vicino.

Vedere quella scena da quella angolazione era molto suggestivo, non era certamente per dar enfasi al momento che mi ero posizionato in alto, volevo che lei mi scorgesse subito, tanto era il desiderio di poterla riavere al mio fianco.

Ero lì che mi dimenavo come una Eimmics per farmi notare, lei non ebbe tempo di alzare lo sguardo, che voltò la testa di colpo attirata da una guardia, che la stava chiamando dall'interno della grande porta, questa si avvicinò in gran fretta, le disse qualcosa portandosi all'orecchio, lei rapidissima corse nuovamente all'interno della torre.

Non ebbi modo di capire cosa fosse successo o cosa la guardia gli abbia detto, ma credo si sia trattato di qualcosa di importante vista la reazione così immediata di lei.

Mi sedetti sulla sponda del carro, con la bocca impastata d'amarezza.

Pensavo di sentirmi così, per la situazione in generale, per l'incessante susseguirsi degli eventi, a causa di tutti questi cadaveri, di tutte queste lacrime, di tutto questo vuoto.

Era proprio quest'ultimo, che si faceva strada dentro di me, non curante degli effetti sulla psiche, sul corpo, sulla pelle.

La sensazione era diversa però, perché quando vedevo lei, tutto passava immediatamente, tutto tornava normale, tutto tornava a splendere, anche se intorno c'era solo morte e desolazione.

Perché mi batteva così forte il cuore quando vicino c'era lei? Perché mi sentivo così perso?

Queste domande mi rimbalzavano continuamente nella testa, ma le sensazioni che producevano mi facevano stare male, mi sentivo solo ad un tratto, come se mancasse qualcosa o qualcuno, questo mi spiazzava, mi rendeva vulnerabile.

"Cosa succede? "

"Perché questa dipendenza?"

La risposta la conoscevo già.

Sentivo di essermi innamorato.

Il momento che seguì fu improvviso, non vidi cosa successe, ma sentii uno schianto e venni catapultato all'indietro verso l'interno del carro, sentii un forte dolore alla testa e poi non vidi più nulla, un'immagine nera beffò gli occhi e la coscienza.

Passai la mano sulla nuca e capii che del sangue fuoriusciva copioso, alla vista, persi immediatamente conoscenza.

Non so quanto rimasi incosciente, ma qualcosa mi destò, il dolore era ancora forte.

Era buio, anche se una luce tenue filtrava tra le palpebre, un leggero crepitio svegliava i miei sensi ed una risata echeggiava più in là, lungo il sentiero.

Non riconobbi il posto.

La vista si schiariva, il velo di realtà scomparve, lasciando spazio ad un’amara verità, ad un tratto non sapevo dov’ero.

Mi voltavo continuamente alla ricerca di un punto di riferimento, e non ne trovai.

Non c’era il carro, non c’erano le guardie, ma la cosa più incredibile, non c’era nemmeno la grande torre.

A terra una fitta coltre di nebbia, a nascondere la sicurezza di esser vivo. L’angoscia era palpabile.

“In piedi!”

Una voce nella mia testa scosse il corpo ad alzarsi, con la bocca impastata come di farina, in posizione retta, l’inferno si spalancava dinanzi ai miei occhi.

Ma cosa era successo?

Nevicava, le mie mani seguivano dolcemente la caduta di un fiocco, mi accorsi però che non era neve, era grigia, era cenere.

Credo fosse l'alba in quel momento, strana qui sembrava un riflesso, danzava un po’ come l'aurora boreale.

La luce si prendeva gioco del buio.

In quella valle, dove le cose vicine sembravano lontane, quella tenda di luce rendeva vive le ombre, eterne compagne dell'oscurità.

Più avanti in una radura a destra, un piccolo ruscello, portava via il suo rivolo d'acqua accompagnandolo dolcemente lontano, da quel posto maledetto.

Una leggera brezza, annunciava l'arrivo imminente di un temporale, che si mostrava d'improvviso, con imponenti bagliori che scalciavano le tenebre.

Più in là un vecchio cartello di legno, si dondolava consumato dagli anni e dalle intemperie, così vecchio e stremito, aiutava a non perdersi, indicando chissà quali altre allucinazioni.

Freddo, faceva freddo, la tempesta si sentiva come un ruggito, cancellando per un momento, il canto leggero delle foglie spinte dal vento.

Non avevo riparo, e nemmeno la più pallida idea di dove dovevo andare.

Stringendo i pugni, mi spingevo oltre il selciato, nella speranza di incontrare un segno e magari chi lo sa, farmi baciare da un filo di fortuna.

Nel nulla che si faceva strada innanzi, sapevo che il mio cuore non avrebbe mai smesso di credere, che lei fosse lì da qualche parte, lo sentivo dentro ed ero certo di un'unica cosa, che avrei schiacciato le montagne e trapassato gli oceani, purché i nostri cuori avrebbero suonato all'unisono come un tempo.

Pioveva, che novità.

Il suono delle gocce a terra in questo silenzio era martellante, persino la cenere lanciava lamenti ad ogni sua goccia, ma era come musica in questo mondo vuoto.

Mentre l'orizzonte era ad un palmo di mano, foschia e nebbia si mostravano irrequiete danzatrici, come schivassero il pericolo d'essere sepolte.

Uno scricchiolio sotto i piedi, distolse la mente dalle visioni di quello che potevo incontrare.

A terra, sporco di questo mondo, un piccolo gioiello, non per la semplice fattura, ma per il valore che gli riponevo.

Era il suo ciondolo.

Un piccolo pappagallino dorato che avevamo acquistato da un venditore ambulante, molto famoso in centro a Iroma.

Non ne conoscevamo la provenienza, era fatto di metallo, forgiato da chissà quale mano esperta, e per quale occasione l'avesse creato restava ancora un mistero.

In quel momento balenavano decine di pensieri, fiumi di momenti trascorsi insieme.

Ma ne ero certo!

Doveva aver attraversato queste lande.

Ma perché?

Il cuore mi usciva dal petto in questo immenso, ma la domanda che si faceva largo dentro di me, si chiedeva se l'avrei mai rivista.

Non mi davo pace, i miei occhi scrutavano l'oscurità con la velocità di un felino pronto a reagire.

Non c'era cielo, solo tanta solitudine a farmi compagnia.

Una porta di fronte a me ospitava chissà quali nuovi incubi da affrontare.

Posto vicino ad un grande anello di ferro arrugginito, c'era una fessura, che se pur sporca dal pulviscolo, mostrava la forma di una sorta di serratura.

Rimasi immobile per qualche secondo con le mani che tremavano.

Poi un lampo nella testa svegliò la ragione.

Il ciondolo!

Immediatamente estrassi dalla tasca l'oggetto tanto amato, e lo inserii nella fenditura accompagnato da una buona dose di speranza.

Ma nulla scacciò il silenzio dal presente.

Il cuore si fermò di colpo, tutto quello in cui credevo era morto assieme all'illusione di stringerla tra le braccia un'ultima volta.

A persuadermi da quest'orrore, un rumore sordo veniva dall'interno dell'arcana struttura.

Uno scatto, che in questo silenzio parve come un tuono.

La porta si mosse ed un passaggio si spalancava di fronte agli occhi.

Venni investito da un calore fortissimo, le palpebre si chiusero come a difendermi.

Sentii le braccia paralizzate.

Tutto d'un tratto il silenzio più assoluto.

Riaprii gli occhi, ma era ancora tutto buio.

Una frase si mostrava appena visibile, disegnata nella nebbia:

“Ti prego non lasciarmi!”.

Dissolvendo al mio passaggio quell’arcano segno, proseguii il mio viaggio, giurando dentro di me che l’avrei trovata, dovessi ribaltare questo posto già di per sé sottosopra.

Il corridoio attraversato non era durato molto, quando mi sporsi dall’angolo dell’arcata, avevo avuto modo di capire che non entravo in un edificio, ma stavo attraversando una muraglia, che separava il mio arrivo da un’ignota destinazione.

Sembrava molto vecchia.

Mi chiesi quante povere anime avessero attraversato quella passata maestosità.

Scalciando qualche sassolino qua e là, un fruscio di onde che si consumavano sul bagnasciuga, mi distolse dai mille pensieri, come il calore di qualcuno che con la mano ti accarezza il mento, sollevandoti il viso e sussurrandoti all'orecchio:

"Non preoccuparti."

Ad un tratto la terra finì, chiusi gli occhi, sospirai, una lacrima scivolò via.

Me ne stavo fermo di fronte a tale immensità, anche se la nebbia celava i suoi confini.

Percepii un crepitio lontano che allertò i mei sensi.

Ad un tratto una barca si avvicinò, in un baleno era accanto a me, come si fosse sentita sola, forse chiedeva compagnia, un balzo ed ero a cavallo delle onde assieme a lei.

I capelli si muovevano al ritmo dei flutti, agitati dai più impetuosi venti di quei giorni.

La speranza di ritrovarla, era l'unico mezzo che mi teneva a galla, anche se ai miei occhi sembrava solo una vecchia barca, come doveva essere bella e robusta una volta, ora sembrava non avere più un'anima, solo un ammasso inerme di schegge, spinto dalle correnti e smussate dalle mille avventure.

Sprazzi d'acqua salata, disegnavano il mio viso col sale, come fossero cicatrici, inflitte da chissà quale dolore.

Ormai erano giorni che non vedovo più i colori di qualcosa, avrei voluto vedere una farfalla sfumare questo luogo di lacrime, invece a farmi compagnia, c'era solo questo sibilo, attraversare le piaghe di quel vecchio sostegno.

Non avrei mai pensato di avventurarmi in tutto questo, ma l'amore che provavo per lei, mi spinse altrove, e affronterò nuove prove, nuovi incubi mi perseguiteranno, ma nulla potrà fermarmi, è in me, e come tale, difenderò ciò che è mio, contro qualsiasi abominio si sarebbe prostrato innanzi.

Ad un tratto la vecchia barca smise di muoversi, il vento si era placato, tutto cadde in un silenzio ancestrale.

Di fronte a me, apparvero delle Eloiccul, illuminare la nebbia, danzavano vorticosamente formando un cerchio, non avevo mai visto uno spettacolo del genere, e sinceramente non mi aspettavo di vederlo lì, rimasi paralizzato di fronte a tale manifestazione.

Piansi come un bambino e non riuscii a fermarmi, le labbra tremano, era difficile pronunciare una qualsiasi cosa, emettevo solo qualche balbettio.

Erano i ricordi, come immersi in uno specchio, gli abbracci, gli sguardi, la passione.

Soffrivo come un cane, non riuscivo a chiudere gli occhi, anche se mi stavano uccidendo, avevo solo quelle ombre di lei, pur se in parte diaboliche.

Un gruppo di Eloiccul o quello che sembravano, si strapparono da quel supplizio, avvicinandosi dolcemente a me, al mio viso, me ne stavo immobile ad osservare.

Anche se un po' impaurito le seguivo con gli occhi, roteando con il loro fascio di luce disegnavano una mano, questa accecandomi mi sfiorava, la sentivo tra i capelli, la sentivo graffiare il cuore.

Rassegnato dal dolore, caddi in ginocchio.

Per un attimo avevo percepito il suo calore, il suo conforto, la sua dolcezza, svenni distrutto sulla mia spalla di legno.

Una vecchia campanella col suo suono ondeggiante, accompagnata da un forte puzzo di alghe marce alla deriva, mi costrinse ad alzarmi incuriosito.

Terra ferma!

Una piccola spiaggia mista a sassi, ricoperta da legna e immondizia, annunciava che l'incubo non era finito.

La mia compagna di viaggio, stava battendo contro la costa, come se mi invitasse a scendere, esaudito il suo desiderio, a malincuore la osservavo prendere le distanze.

Stranamente dalla vecchia boa non si percepiva più alcun rintocco.

Quel posto, le sue ombre, le sue visioni, tutto sembrava sapere che ero lì.

Non c'era un sentiero, un percorso, niente di niente che poteva aiutarmi a capire dove andare, solo sterpi e sassi.

Dopo qualche ora che girovagavo, iniziai a chiedermi se mai avrei incontrato qualcosa di umano.

Ad un tratto raffiche di vento mi costrinsero a coprirmi gli occhi dalla polvere, ciò non bastava, perché la spinta era eccessiva, fui costretto a sdraiarmi a terra.

D'improvviso il tormentone cessò e tutto precipitò nuovamente nel silenzio più assoluto, qualcosa era cambiato, tutto era molto più nitido.

Avevo sentito parlare di questo posto, forse era per questo che lo stavo immaginando?

Ero forse in un sogno?

Continuai a pensare.

Eppure avevo la sensazione che fosse qualcosa di già visto, di già vissuto.

Avevo come delle visioni di un passato, dove vedevo centinaia di persone che percorrevano quelle strade, come in un formicaio, tutte indaffarate andavano di qua e di là come se non avessero una destinazione precisa.

Poi vedevo noi due riflessi su di una vetrina.

Sapevo che si chiamavano così, come tante altre cose, come e perché non me lo sapevo spiegare.

Però, che strane vesti indossavamo!

Tolsi le mani dalle tempie che sembravano esplodere, non riuscivo a capacitarmi di quello che avevo appena visto.

Cosa mi stava succedendo?

Proseguii con il peso di altre domande a cui speravo di trovar presto risposta.

A pochi metri da me, una strada dissestata, con ampie voragini sui lati, dava luce ad un'ampia bizzarra visione, una città che altro non voleva che svelassi i suoi misteri, anche se questi poi, non erano tra le priorità, magari lo sarebbero stati in un'altra avventura, chi lo poteva sapere, ormai non mi meravigliava più niente.

Il tutto sembra sgretolarsi da un momento all'altro.

Nevicava di nuovo, adesso che il vento aveva smesso di investirmi, le cose piccole trovavano nascondiglio sotto il suo velo, come una mamma protegge il

proprio figlio, dagli artigli degli sguardi altrui.

Camminando, e questo si manifestava già da un po', non notavo più le ombre delle cose, neanche la mia, come se il sole non esistesse, come se anche lui si fosse rifiutato di dar calore e luce a questo mondo morto.

Eppure qualcosa ci illuminava, se pur tenue, ma non riuscivo a capirne l'origine.

Ora stavo percorrendo un lungo viale, le palazzine edificate sui lati, mostravano quattro livelli, anche se le lavorazioni esterne erano ricoperte dal passare del tempo, contarli era più semplice perché delle finestre c'era solo un lontano ricordo.

Spiavo continuamente quei pertugi, come se il loro abisso nascondesse una qualsiasi presenza, ma il vuoto più assoluto, rendeva inerme anche quella possibilità.

Sulla sinistra, abbandonando il tragitto principale c'era uno slargo, subito dopo due diramazioni, una perpendicolare al viale da cui provenivo, e l'altra ad una trentina di metri più avanti, sembravano essere collegate da un marciapiede, lo stesso dove poco prima ero inciampato, a causa della neve che ne aveva ricoperto i margini.

Scelsi di andare verso la seconda, come per non soddisfare le trappole di prima scelta.

Qualcosa rendeva famigliare questo canyon.

Ad un tratto, così dal nulla, due palloni sospesi in alto, sopra ad una porta situata sulla fiancata destra della via, si accesero di un forte rosso, seguiti dal fragore di qualche scintilla, quasi sembrano le porte dell'inferno.

All'improvviso un'altra visione mi coprì gli occhi.

Sembrava che queste anticipassero gli eventi, oppure erano solo l'inizio dell'ennesima tortura psicologica.

Passato lo spavento, avvicinandomi, notai che si trattava di un locale orientale visti gli addobbi e la fattura del caloroso ingresso.

La porta era incastrata dalla vecchiaia e dallo spessore della neve grigia, che malgrado aveva ricoperto tutto.

C'erano spesse ragnatele, facevano prefiggere che ci sia stata la presenza di alcuni Ingar, degli insetti che secernevano filamenti di una strana sostanza appiccicosa al loro passaggio.

Forse mi sbagliavo, sembrava più coerente la teoria che si trattassero di fili al fine di tessere nuove allucinazioni.

Le pareti erano nere, come se ci fosse stato un terribile incendio a consumarle.

Tavoli apparecchiati con ordine certosino popolavano questo luogo altrimenti vuoto, la polvere condiva i piatti e le stoviglie presenti, i bicchieri sembravano contenere il soffitto.

Spolverando una sedia, cercai riposo, almeno lì mi sentivo al sicuro, avendo la possibilità di dividermi dall'esterno, chiudendo la porta che dava alla strada.

Le palpebre iniziavano a pesare, chiusi gli occhi e mi addormentai.

Una musica dolce mi cullava nel sonno, intrecci leggiadri di violini e clarinetti, mi strappavano via dal piano di questa dimensione.

Un rumore di un piatto che si rompeva, mi svegliò di soprassalto, non avevo il coraggio di aprire gli occhi, ma notai che non era più buio, la cosa che mi spaventava è che non stavo sognando, la musica continuava ad echeggiare.

Aprii gli occhi, ero confuso, non credevo a ciò che vidi.

La sala aveva preso vita, due dolci fanciulle servivano ai tavoli qua e là, e da quello che riuscivo a capire, potevo confermare che si trattava di orientali visto l'accento cinese e l'aspetto da concubine.

Il rumore del miscelatore dell'acquario era nascosto dal brusio delle persone presenti ai tavoli.

Era tutto splendidamente caldo.

Il mio riflesso nella lama di un coltello mostrava che ero felice, spensierato e vestito elegantemente.

Alzai lo sguardo da quello specchio, e rimasi paralizzato.

Davanti a me c'era lei, bellissima, con un sorriso che illuminava le pareti di quello stravagante paradiso.

Sembrava chiedersi qualcosa, scuotendo la testa lentamente, di colpo diventò seria, gli occhi si sbiancarono emettendo luce, e la bocca gli si spalancò a dismisura e ne uscì fuliggine, scagliata fuori come un'eruzione.

Un urlo tremendo si levò nell'aria.

Chiusi gli occhi tremando, e crollò tutto in un freddo silenzio.

Aprii gli occhi, spostando via il braccio, e di nuovo tutto tornò nell'oscurità che per un attimo credevo persa.

Mi convinsi che si poteva trattare solo di un brutto sogno, non potevo immaginare diversamente, non sapevo dargli una diversa spiegazione.

Non poteva essere lei, lei mi amava, non mi avrebbe mai fatto del male.

Scrollai la testa per far cadere quei nuovi dubbi, ma la paura restava, sentii una fitta al cuore, qualcosa era cambiato, non capivo, ma ero stanco, forse era solo la tensione di quel luogo.

Il vetro della porta d'ingresso era lercio d'abbandono, passando la mano, lasciai all'esterno di inquietarmi ancora, sbirciando fuori.

Il vento aveva ricominciato a soffiare incessantemente, sostenendo la neve, lei divertita, gli regalava attimi di danza e piroette, e per un attimo avevo creduto di vedere noi due baciarci in un surreale intrecciarsi di fiocchi.

L'umidità di questo posto mi stava uccidendo, non che fuori fosse più caldo, ma almeno non gli davo soddisfazione al vento, chiuso qui dentro.

A terra dietro al bancone del bar, diverse riviste, manuali e tovaglioli, facevano da moquette al pavimento.

Decisi di liberare un angolo della sala, per preparare un piccolo focolaio che mi potesse scaldare, recuperai un po' di carta qua e là, e alcuni cassetti del mobile delle posate, e ne faci vittime per le fiamme.

Pensai ormai di passare la notte qui, organizzai così il da farsi per l'indomani, sempre che qui il tempo sia mai esistito.

Stavo facendo caso da un po', che ogni volta che vedevo o toccavo qualcosa, di colpo avevo quelle piccole visioni, anche se di pochi secondi, scaturivano in una sorta di ricordi, chi lo sa magari di una vita passata, non me lo sapevo spiegare, ma erano utili allo scopo.

Questa sorta di anticipazioni facevano in modo che potessi prevedere gli eventi, riuscivo addirittura a riconoscere alcuni oggetti anche se non li avevo mai visti prima, più avanzavo in quest'incubo più ne rimanevo basito da quello che voleva mostrarmi.

Davanti al fuoco, sfogliai qualche rivista, alla ricerca di un po' di sollievo mentale, ma niente, questa dimensione, nascondeva ogni più piccolo piacere.

Mio malgrado, notai che le pagine erano tutte bianche, nessun carattere ha avuto modo di impregnare la cellulosa, l'attualità non esisteva, c'eravamo solo io e le macchie di fuliggine.

Il nero era l'unico colore che tingeva il presente.

Caddi in un sonno senza sogni.

Al risveglio, il fuoco si era spento, c'era solo qualche bronza, a proiettare strane immagini tremolanti sulle pareti.

Credei d'essermi riposato, anche se questa sensazione di vuoto che mi attanagliava l'anima, pesava come un macigno sulle spalle.

Ero solo, disperato, e indifeso, quindi decisi di usare la gamba di una sedia per sostenermi lungo il viaggio, prima di abbandonare questo vecchio locale, che per un po' aveva occultato gli immensi orrori dell'esterno.

Scostai i tavoli e le sedie che avevo accalcato contro la porta d'ingresso, ed uscii dall'edificio.

Appena fuori, decisi di tornare al viale che avevo precedentemente abbandonato, poiché largo, mi avrebbe permesso di evitare strane sorprese, crolli o qualsiasi altra cosa questo posto sarebbe stato in grado di rigurgitare.

Voltandomi la strada apparse come una lunga lingua che inghiottiva tutto, i lati della carreggiata sembravano unirsi, e l'orizzonte pareva cancellarsi come di fronte alla forza distruttrice di una ruspa.

Tendeva ad essere in salita, sembrava vivere in parallelo le difficoltà di quella situazione.

Ad un certo punto sembrava come se nel mio inconscio conoscessi la via da percorrere, pur non sapendo dove andare, provavo una certa sicurezza.

Ora la strada si era calmata, mi trovavo tra delle costruzioni gemelle, che nel fior fiore dei tempi dovevano essere incantevoli e accoglienti, in quel momento assieme agli alberi carbonizzati, assomigliavano solo agli addobbi di un cimitero.

Il tragitto curvava verso sinistra, qualche metro dopo alla mia destra in alto, all'interno di una piccola finestra, osservavo incuriosito una debole luce

tremolante, ero quasi certo che si trattasse di una soffitta, vista la breve vicinanza a quello che restava del tetto, quindi presi la scala che scendeva dalla strada fino alla base dell'edificio.

All'ingresso nessun portone ostacolava il mio passaggio, pensandoci bene, probabilmente era quello che avevo oltrepassato alla fine della scala, impiegato come rampa dato che a questa, mancava l'ultimo tratto di gradini.

Questo mi faceva pensare che ci potesse essere qualcuno, sarebbe stato il primo incontro da quando vivevo queste macerie.

Le scale salivano di gradini semplici, sempre imbrattati da quel pulviscolo nero, lo stato delle pareti rimarcava il passaggio degli anni.

Fuori della porta, una piccola libreria rovesciata sul corroso corrimano, mi costrinse a chinarmi per raggiungere la soglia.

Passato l'uscio fortunatamente lasciato socchiuso, venivo investito da uno caldo torpore lungo tutto il corpo, in qualche modo credevo di conoscere questo posto.

Il locale era formato da quattro stanze, tutte vuote, a parte la seconda di sinistra, dove una piccola sedia posta sotto la finestra, si prendeva carico dell'arredamento.

La parete lì vicina, mostrava degli strani sfregi, come qualcuno che preventivava da tempo qualcosa, segni di una specie di tortura psicologica.

La luce alla finestra, che aveva richiamato la mia attenzione dalla strada, proveniva da una piccola candela posta sul davanzale, la cera scesa alla base riferiva che era accesa da poco.

Non c'era nessuno in quel momento, cominciavo a credere di essermi inventato tutto, stavo impazzendo, un rumore sordo improvviso mi riportò alla ragione, il polverone alzatosi in corridoio, non prospettava nulla di buono, la porta d'ingresso si chiuse di colpo.

Nel voltarmi per tornare al riparo nella luce della piccola candela, qualcosa sotto i piedi andò in frantumi.

Sotto la polvere ormai sovrana, una cornice di vetro.

Passai col gomito la parte centrale per non tagliarmi, e rimasi attonito di fronte ad una foto in bianco e nero di noi due, di quando eravamo stretti assieme, di quando i nostri cuori erano uno, di quando c'era l'amore.

Le lacrime lavavano quello specchio di passato, le mani tremavano e i singhiozzi rompevano il silenzio.

"Amore dove sei?

Perché non sei qui con me?

Mostrati ti prego!"

Mi chiesi a voce alta.

Le domande affollavano la mente ma nessuna risposta riusciva a far ordine, la testa mi sembrava scoppiare.

Tenevo stretta la foto al petto, come fosse lei, ma i lamenti della cornice, mi distoglievano dal sognare di averla davvero.

Me ne resterò seduto su quella piccola sedia, anche in eterno, invecchierò con questo mondo, se sarà necessario, ma la riavrò, come un tempo, anzi di più!

I mille pensieri e l'ipnosi della candela, mi stavano trascinando via, a tal punto che dimenticai dell'ingresso.

La porta era chiusa, la maniglia interna era schizzata via cadendo in fondo al corridoio antistante, dal foro lasciato sulla serratura, filtrava una tenue luce.

Non potevo uscire senza ripristinare la nostra povera infortunata, quindi afferrai da terra l'arto mancante e lo reinserii nel suo lucente alloggio.

Aperto l'uscio, venni investito da mille scintille e da un calore insopportabile, socchiusi gli occhi di colpo, l'unica cosa che vidi era il passamano fondersi e colare come cera.

Chiusi il varco immediatamente, dovevo uscire da quella trappola di fuoco, non c'era tempo dovevo escogitare qualcosa, e subito.

La mente impazziva, mi sentivo come un animale in gabbia, pronto per essere infilzato e cotto a dovere, per sfamare l'insaziabile appetito delle fiamme.

Non feci in tempo a reagire che il pavimento sotto i piedi crollò, vidi il soffitto scomporsi tra polvere e detriti.

Il tonfo fu scontato, ma mai e poi mai, avrei pensato che sotto fosse allagato.

Finii inghiottito per alcuni metri.

Il fondale era animato, mille mani cercavano di afferrarmi, come se volessero distogliermi dal continuare questa farsa.

Affogare in quel luogo era come unirsi a quella morta causa.

Un paio di strattoni ed ero libero di respirare.

Attorno a me alberi rinsecchiti dalle forme più disparate, sembravano soffrire d'una forma d'artrosi, piegati dal dolore, come se supplicassero qualcuno di troncare quella famelica tortura.

Sopra di me, in uno specchio d'acqua tremolante, vedevo quel che restava della casa, divorata dalla danza del fuoco, una scena spettrale, che mostrava quanto sia impressionante la forza della natura, com'era in grado di consumare qualsiasi cosa, senza il minimo riguardo.

La sensazione di perdita era totale.

Ridevo con le mani tra i capelli, stavo impazzendo, mi guardai attorno, vedevo solo desolazione, ormai vivevo di incubi ad occhi aperti, la sensazione di credere a quello che stavo passando, minava e faceva breccia nei principi in cui credevo.

Ubriaco, collassai contro un albero.

Il viso coperto dalle lacrime, le mani che tremavano, il cuore a mille.

Che dovevo fare?

Che scelte dovevo prendere?

Non riuscivo ad affrontare la cosa, anche perché non trovavo un appiglio su cui afferrarmi, gridai al mondo a mani giunte:

"C'è qualcuno, che sa cosa sta succedendo?"

L'eco rimbombava come se gli alberi fossero mille pareti, l'urlo si distorceva pian piano in una lugubre risata, sembrava come se quello che urlai fosse senza senso, rendendomi cosciente di combattere una battaglia già persa, l'echeggio aumentava d'intensità, coprii le orecchie con le mani, mi entrava dentro, pulsavano le tempie dallo strazio di quello stupro.

Urlai:

"Basta! Basta!"

Caddi in ginocchio, come se mi fosse stata mozzata la testa.

Questa volta l'urlo si propagava nell'aria come un uragano, investiva e sradicava ogni singolo ramo, albero o qualsiasi cosa ostacolasse la sua onda.

Le cose avevano perso sostanza, un mondo di carta, lo stesso che sentivo premere dentro.

Le tempie pulsavano dolorosamente, avevo bisogno di vederla, di afferrarla, di una sua carezza.

Invece tutto era frivolo, scappava via dalle dita come granelli di sabbia.

Dovevo fare qualcosa, me lo ripetevo continuamente, era facile pensare di voler fare qualcosa, la parte difficile era muovere dei passi senza una linea guida.

Sembrava tutto uguale, mi guardavo attorno e vedevo solo un grande labirinto, elaborato con cura maniacale proprio per farti perdere la ragione.

Dovevo andarmene da quel posto, da quella zona.

Feci il primo passo, i metri sembravano chilometri, sentivo le gambe pesanti, come se avessi dei residui di collante sotto ai piedi, probabilmente il mio inconscio dettava di rimanere dov'ero, chiedeva di arrendersi, ma il cuore no, lui no, lui sentiva che c'era una qualche possibilità, sì, dovevo solo crederci.

Certo come se fosse così facile.

Attraversai il cimitero di legno, le macerie della casa piovevano come coriandoli, era rimasto ben poco di quella casa, anche se qualcosa ancora attirava la mia attenzione.

Un bagliore accecante, da cui dovetti spostarmi per non farmi accecare, mi avvicinai cauto, ormai cominciavo ad abituarmi alle brutte sorprese.

Ad un certo punto pochi metri più avanti, notai la sua provenienza in un riflesso.

Uno specchio?

E che ci faceva lì a terra?

Soprattutto come faceva a non essere andato distrutto nell'incendio?

Mah non mi sorpresi più di tanto, niente di strano per quel mondo.

Troppe paranoie e fantasie, era un semplice specchio, una cornice con un pezzo di vetro in mezzo, cos'altro potevo pensare?

Stavo veramente impazzendo, immaginavo pericoli anche dove non esistevano.

"Ho gli occhi rossi!"

Sottolineai a voce bassa, senza fare caso a quant'ero sporco, poi con l'innocenza di un bambino, toccai comunque il vetro con la mano, lo feci con il riflesso incondizionato di aggiustarmi i capelli e da lì, la cosa funzionò ma non ci feci caso subito.

Mi resi conto di quello che stavo facendo, solo dopo aver visto che il vetro si comportava come fosse composto da un liquido, le dita lasciavano una scia ondeggiante al loro passaggio, feci di conseguenza la cosa più banale, misurarne la profondità.

Piano piano, come se avessi paura di prendere una scarica elettrica, tastai la superficie, fino ad affondare la mano raggiungendo il livello del polso.

A questo punto, la curiosità era forte, e risuonava già nella testa la frase:

te le vai proprio a cercare!

Provai fino al gomito, poi alla spalla, cercando sempre un possibile fondo o qualcosa da afferrare.

Quindi il prossimo passo era evidente, provare a vedere cosa c'era dall'altro lato.

Avvicinando il viso al portale, sentii un brivido scivolare lungo la schiena, avevo paura che qualcosa mi afferrasse di colpo dall'altro lato.

Chiusi gli occhi e mi avvicinai ulteriormente, prima il naso, la bocca e infine toccò alle orecchie.

Potevo respirare, non avevo sentivo minimamente il passaggio, come se avessi attraversato il nulla.

Non ebbi immediatamente il coraggio di guardare.

Un profumo pervase le narici, ubriacandomi i sensi, mi sentivo rilassato, come a casa, per un momento avevo abbandonato quella punizione.

Era il momento di capire di cosa si trattasse, potendolo sentire con le proprie orecchie, restare a metà strada non mi faceva godere appieno di quell'attimo di deficienza, era strano sentire il profumo di fiori divini e ascoltare i crepitii dell'inferno.

Mi spinsi più avanti, immersi anche l'udito, sentii una voce, flebile, sottovoce, qualcuno ridacchiava felice.

Era giunto il momento di vedere con i propri occhi, cos'era in grado di sputarti in faccia quell'oblio.

Sentii come un'esplosione, una forte pressione al pomo d'Adamo, mi tolse il respiro per un attimo.

Davanti lei, sdraiata sul divano di casa, a ridere e arricciarsi i capelli con le dita.

Cercai in tutti i modi di entrare, urlandogli:

"Amore! Amore sono qui!

Mi vedi? Eccomi, guardami!"

Era tutto inutile, invano, non c'era spazio a sufficienza, il passaggio era troppo stretto.

Urlavo a squarcia gola sfiancandomi contro il bordo.

"No! No! Nooo!"

Ripetei ansimando.

Era solo una triste visione, sentire il suo profumo, essere ad un passo da lei e non poterla afferrare, i fianchi sanguinavano a causa del bordo affilato della cornice che in alcuni punti era scheggiato, mi sentivo come un Irot in trappola.

Gli Irot erano animali massicci, molto simili agli Illavac, ma con una muscolatura più forte e la presenza di corna, sia sulla testa che sopra le zampe posteriori, queste facevano sì che se usato in battaglia durante una carica potesse sollevare e squartare qualsiasi nemico.

Gli Angeli li usavano per mantenere l'ordine in caso di rappresaglie.

Una punizione, una condanna, da cui non si poteva fuggire.

Una voce dal nulla mi schiacciò il cuore in una morsa:

"Amaro è il frutto che non puoi avere, alza gli occhi alle stelle e prega che la luna ti disseti di luce."

Continuò con fare malinconico ma stranamente rassicurante:

"Piccolo eroe nulla è perduto, anche se la meta sembra irraggiungibile, una mano raggiungerà la tua strappandoti dal fardello che ti perseguita l'anima.

Puoi scegliere, ma questo ti è celato, perché non c'è luce finché non apri gli occhi."

Venni scaraventato fuori dallo specchio da una spinta invisibile.

Caddi a terra rovinosamente, ma non era quello il dolore più grande, fu il vuoto lasciato dal calore di quella voce.

Di chi era quella voce così soave?

L'avrei risentita?

Il cuore pianse assieme alle ferite.

Capii che non avrei potuto continuare in questo modo, dovevo mettere assieme i pezzi che quest' aberrazione rigurgitava, e trovare presto una soluzione.

Credevo che stesse iniziando a piovere, il clima sembrava seguire il mio stato d'animo, anche il cielo piangeva quell'apocalisse.

La pioggia era nera come la china, le sue gocce si schiantavano a terra, medesimo trattamento usava l'entità che governava quel posto, non facendosi troppi scrupoli con me.

Non sapevo più se stare fermo ad aspettare che la scura falce colpisca, o muovermi, qualsiasi scelta si smorzava ad ogni nuovo scossone.

Era inutile muoversi senza una meta specifica, a questo punto preferivo scegliere io, e non sentirmi in balia di un vecchio stregone, divertendosi con la sua nuova marionetta, che con la danza di sottili fili, decideva la sorte.

All'improvviso una forte fitta al petto mi piegò le ginocchia.

Collassai a terra.

Strappai i primi bottoni dai lerci indumenti, una macchia violacea si faceva largo esattamente sopra lo sterno, divorandomi bruscamente qualsiasi altro pensiero, credei di esser stato colpito da qualche scheggia scagliata dalla precedente esplosione, ma non c'era segno superficiale a dar fondo a questa ipotesi.

Il dolore era acuto e straziante, non potevo muovermi.

Prono come un quattro zampe, finii a baciare il terreno intingendomi di sabbia.

Le mani ormai tremanti, non ce la fecero a sostenermi, strinsi i denti, l'affanno andava crescendo.

Puntini bianchi danzavano giocando con la vista, formando un cielo stellato in quello scuro crepuscolo.

Un caldo sapore metallico, invase le papille gustative, sputai a terra, la cosa mi colse impreparato, era sangue, il mio sangue.

Non è possibile!

Non può essere vero, finire così, in questo modo, in un mondo senza senso, freddo, inospitale, senza rivedere lei, no, non ne ho nessuna intenzione, non posso permetterlo!

Sfruttando tutte le forze ormai rimaste, tornai in posizione retta, non potevo sopportare una così celere sconfitta, dovevo lottare, sarei morto sì, ma combattendo e non prima di averla rivista.

Le lacrime scorrevano come un fiume in piena, creando profondi solchi sul viso, unendosi poi, al fluido che usciva dalla bocca, mi davano un tocco demoniaco.

Sciacquai il viso in una pozzanghera lì vicino, il riflesso nell'acqua, la diceva lunga sul mio stato di salute, passando piano la mano sugli zigomi, non potevo non notare il fatto di essere incredibilmente dimagrito, questa malsana situazione, mi stava uccidendo e il nuovo pulsare sul mio petto, ne era un'ulteriore ed amara conferma.

Il dolore, era un via vai di fitte, ma per il momento riuscivo a stare in piedi, la veste che indossavo, ormai un asciugamano, dal canto suo non sembrava fornire grandi speranze.

Un rintocco lontano, mi distolse dal fissare la tintura del cotone.

Un campanile?

Pensai sconcertato.

Un campanile in questa landa deserta?

Non fu questo a preoccuparmi più di tanto, ma il fatto che se vero, avrei trovato qualcuno da sottoporre alle migliaia di domande e alle risposte che avrei reclamato.

Mi sporsi da una collinetta che fino a poco fa ostruiva la vista, la radura proseguiva lungo una leggera discesa, dolci distese di fiori gialli e di erba verde precedevano le gotiche mura di un'antica chiesa.

Il sentiero sabbioso, passò la parola alla consistenza della roccia.

Un cartello, tenuto in piedi da una base di rocce sapientemente conficcate nel terreno, indicava con caratteri screpolati ma in seguito da qualcuno ricalcati, (credo fosse stato usato una specie di gessetto, ma ormai era comunque ingiallito e in parte cancellato dal trascorrere del tempo), la direzione da seguire per raggiungere:

"La chiesa del tempo".

Avvicinandomi sentii di nuovo l'odore di legna bruciata, che lasciato il bosco aveva abbandonato le narici.

Da un comignolo sul tetto, una piccola colonna di fumo si levava al cielo, dapprima sembrava la solita nebbia che ormai tinteggiava l'aria di grigio, ma da quella distanza era la certezza che qualche altra anima era rimasta intrappolata in quel posto.

A quel punto speravo fosse solo di buona compagnia, giacché ormai di aberrazioni ne avevo viste già abbastanza, il tempo poi, era più tiranno che mai.

Evitando i tratti d'erba secca e la ghiaia più sottile, per non fare rumore, mi avvicinai silenzioso ad una parete senza finestre, preferivo che l'effetto sorpresa giocasse a mio favore.

Spinsi la porta lentamente, lamentosa illuminò l'interno, mostrando una sala ingiallita da bagliori di candele disseminate senza alcun ordine.

Una volta dentro socchiusi l'esterno, l'odore del fuoco era pungente ma allo stesso tempo delizioso, per un attimo mi aveva liberato la mente, ho sempre amato avere un caminetto.

Come il luogo che abitava, anche lui distruggeva le tracce di qualcosa di tangibile.

La stanza era una piccola cucina, che un tempo doveva esser ben fornita, viste le impronte lasciate sulle pareti di oggetti che poi qualche sciacallo aveva preteso.

Per un attimo pensai in quante sublimi pietanze sarebbe stato bello cimentarsi.

Ma tutto era vecchio, coperto di polvere, fino a quasi nascondersi alla vista, aveva paura di mostrarsi per quello che era, per qualche colpa che forse nemmeno aveva, come per paura di venir meno, di fronte ad un giudice impassibile.

Ad un tratto si spalancò la porta una gelida raffica di vento invase la dimora, tutto quello che vidi fu impressionante.

L'aria che si levò, punì inesorabilmente qualsiasi cosa incontrava lungo il suo sbuffo, tutto si sgretolò e cadde in cenere sul pavimento, per finire poi in un angolo.

In un attimo regnò il nulla.

Ero rimasto attonito ed in silenzio tra quelle quattro mura, anche il mio scudo psicologico era rimasto scorticato da quel dramma.

All'improvviso, oltre un passaggio alla mia sinistra un rumore attirò la mia attenzione.

Sbirciai.

Un corridoio lungo una decina di metri illuminato da due fiaccole poste ad entrambi i lati, correva verso il basso.

La curiosità ha sempre fatto da padrone, ma l'estremo desiderio di poter collegare qualche tassello a questa assurdità, mi spinse prepotentemente.

Svoltai a sinistra obbligato, in quanto una porta di legno sulla destra, non aveva più chi la costringesse ad aprirsi, anche lei abbandonata ormai a marcire.

Un leggero canto proveniente dall'unica via rimasta, mi attrasse senza indugio, ubriaco dal desiderio di capire chi fosse quell'angelo, premetti sulla maniglia e finalmente fuoriuscii un po' di caldo che subito scaldò cuore e ossa.

La porta sbatté contro la parete di roccia che fermò la sua corsa, la meraviglia fece precipitare le braccia, la sorpresa tolse il fiato.

Finalmente una figura viva, una bambina con due grandi occhioni sgranati mi squadrava dal basso verso l'alto.

Mi misi in ginocchio di fronte a lei, e avvicinandomi piano piano, con le mani spostai quei capelli arruffati.

Lei continuava a fissarmi con molta attenzione, fui il primo a rompere il silenzio.

"Ciao piccola, che ci fai qui tutta sola?" Lei fece un passo indietro muovendo la testa da sinistra a destra.

“Non voglio farti del male, puoi fidarti, voglio solo...”.

Lei mi interruppe di colpo.

“Vai via!”

Disse con voce autoritaria.

“Questa è casa mia non puoi stare qui!” Cercai di avvicinarmi.

“Ti prego voglio solo parlarti!”

Mi interruppe nuovamente con tono ancora più deciso.

“No!

Non puoi capire vattene!”.

Lei con passo fulmineo mi scartò di alto, d'improvviso un forte sibilo mi abbatté in ginocchio, la testa sembrava esplodere, coprii le orecchie premendo il più possibile, credevo di svenire da un momento all'altro, era acuto e pungente come un ago, tolsi una mano e la poggiai a terra per non cadere in avanti, di colpo cessò.

Aprii gli occhi, il tempo di mettere a fuoco la situazione e mi accorsi che la bambina non c’era più.

Mi alzai stordito ed iniziai a perlustrare lo stanzino.

A terra il pavimento era pieno di stracci e coperte, una candela accesa sembrava togliere la muffa dalle pareti, uno sgabello in un angolo, isolava una bambola lercia dalle grinfie dell'umidità.

Qualcosa che sporgeva da quello che sembrava esser stato un cuscino, attrasse la mia attenzione.

Un quadretto e il suo vetro scheggiato, celavano una foto sbiadita.

Lo poggiai sottosopra su di una coperta, in modo da poter sfilare la foto dalla parte posteriore, senza danneggiarne l'immagine da quello che ormai era rimasto del vetro.

Passai le dita sul ricordo, per togliere la polvere che si era insinuata vittoriosa, tra le varie crepe di quel vecchio supporto.

Ancora adesso non riesco a descrivere quello che provai.

L'immagine ora se pur nitida, era sfocata dai miei occhi che cercavano di non far soffrire oltre, le lacrime cercavano di confondermi, ma era fin troppo chiara, era una foto di noi due, scattata durante una gita fuori porta.

In quell’immagine, l'amore tinteggiava le guance, i fiori ed il cielo pensavano al resto.

In quel lasso d’esistenza, era solo una vecchia foto in bianco e nero squarciata dal tempo, non aveva più nessun valore, non trasmetteva più quel calore, era fredda come le pareti di quello spazio.

La baciai e la strinsi al petto, dimenticandomi completamente della ferita che da un po', come un’acuta emicrania mi attanagliava.

Mi alzai grazie all’aiuto di alcune vesti sudice appese sulla porta.

Appena in piedi, una nuova fitta al petto mi tolse il fiato, ricaddi in ginocchio dolorante e sputai sangue contro le pareti, un lamento a denti stretti, si levò nell’aria a mia insaputa, tanto era forte il dolore.

Mi sentivo svenire e credevo di avere delle allucinazioni, sentivo la voce agitata di lei come fosse dinanzi a me, mi sentivo toccare eppure non c’era nessuno, non capivo cosa stesse succedendo, sentivo altre voci dentro la testa, come se stessero parlando dentro ad un albero vuoto.

Ad un tratto un'altra fitta mi scosse tutto il corpo e d'improvviso vidi tutto nero, e sentii un freddo che non avevo mai provato prima.

Stringevo forte gli occhi chiusi dal dolore e le orecchie iniziarono a fischiare.

"Svegliati, svegliati ti prego!"

Sentivo.

Pensai di esser già arrivato dai creatori, quindi dentro di me si faceva spazio il fallimento, era stato tutto invano, avevo perso, in quell'attimo fu questo il mio principale pensiero, non quello di poter incontrare chi mi aveva creato.

"Ecco sono qui, prendetemi!"

Dissi spalancando le braccia.

Riaprii gli occhi, e tutto era sparito, sostituito da un soffitto tutto nero, lucidato a specchio.

Ero sdraiato su di un lettino, con tante persone attorno che si muovevano frenetiche, non riuscivo a muovere la testa, qualcosa me la teneva salda alla struttura sotto.

Vedevo le loro labbra muoversi ma non percepivo alcuna parola, se non con qualche ritardo.

Però di una cosa sola ero sicuro, quella che avevo davanti era lei, con quei boccoli rossi che mi accarezzavano il viso e i suoi occhi pieni di lacrime.

Mi sfiorò il viso, portandomi via le lacrime dal volto, come ad indicarmi che il peggio sia passato.

Sentire la sua voce in quel momento era la migliore delle cure.

Con la coda dell'occhio, vidi passare quello che mi sembrava un curante, assieme ad un carrello, che trasportava appesa ad una staffa, una scheggia sporca di sangue, molto simile a parti delle macerie che avevo notato attorno alla torre.

Una delle particolarità di quel tipo di roccia era quella di frantumarsi a scaglie, per questo motivo veniva usata per accendere fuochi sfregandone le parti.

"Ehi?"

Mi distolse lei.

"Non muoverti, va tutto bene".

La guardavo impaurito, perché mi sentivo debole, come se stessi per svenire da un momento all'altro, ero bloccato sentivo i polsi e le caviglie come fossero stretti in una morsa.

"Hai avuto un incidente e hai perso molto sangue, vedrai che tra un po' starai meglio, qui nella torre, abbiamo delle ottime squadre di curanti".

Cercavo di parlare, ma avevo qualcosa sulla bocca che me lo impediva.

"Si lo so che hai molte cose da dirmi, ma adesso cerca di stare tranquillo, altrimenti il fiore di Gilbert potrebbe cadere".

Vedevo continuamente dei bagliori di una luce verdastra illuminare il soffitto.

"Hanno quasi finito."

Disse lei accarezzandomi la fronte.

"Ti avevamo quasi perso, lo sai birichino? Per un attimo avevo temuto il peggio, trasportarti fin dentro la torre non è stato facile, a causa dei continui crolli, e poi non abbiamo mai fatto passare un estraneo, la grande porta ha valutato che tu ne avessi i requisiti in quel momento, non è mai successo prima!"

Mentre lei stava parlando si avvicinò uno dei curanti e gli bisbigliò qualcosa all'orecchio.

"Ne siete sicuri?"

Disse lei che d'un tratto sembrava preoccupata.

Lei ascoltò ancora cosa ebbe da dire il curante e poi esclamò a voce alta:

"Non mi interessa, quali siano le difficoltà, fate il possibile, altrimenti anche l'impossibile!"

A queste affermazioni la stanza precipitò in un silenzio quasi imbarazzante, rotto solo da qualcosa di metallico che cadde da un curante che si trovava poco più in là.

Lei adesso sembrava agitata, e il suo respiro si faceva marcato.

Voltandosi verso di me disse cercando di mantenere la calma e ammorbidendo lo sguardo:

"Tu adesso chiudi gli occhi e riposati, io sono qui non preoccuparti, al tuo risveglio vedrai che sarà tutto risolto e starai bene, te lo prometto!"

Anche se ero molto agitato seguii il suo consiglio, mentre lei continuava ad accarezzarmi i capelli.

Sbattendo le palpebre sempre più lentamente, mi addormentai in un sonno privo di sogni.

Mi svegliai credo il giorno seguente, completamente ricoperto da alcune foglie di un verde fosforescente e stranamente pulsante.

Vicino a me c'era lei che in piedi discuteva con un curante.

Mi accorsi di non essere più imprigionato, potevo muovere praticamente tutto di nuovo.

Sgranchii la mascella, in bocca avevo un sapore dolciastro, cercai di mettermi prono, e alcune foglie caddero sul pavimento.

In quel momento lei, disse al curante:

"Va bene ne riparliamo dopo con più calma."

Si abbassò verso di me mettendomi un braccio dietro la testa e uno sotto alla spalla per riportarmi sdraiato.

"È ancora presto, non avere fretta. Come stai? Come ti senti?"

Disse dolcemente.

"Perché ho queste foglie addosso? E poi cos'era quel fiore, quella cosa che avevo sulla bocca?"

"Se mi prometti che te ne starai buono e calmo, ti racconto la sua storia." "Prometto!"

Dissi quasi scodinzolando come un Ipul che attende il rancio.

Mentre lei si sedeva delicatamente sul bordo del letto, osservavo la stanza.

Questo nero lucido, dava un senso di ordine, anche se rendeva cupa l'atmosfera, non c'erano finestre ad illuminarne l'interno, solo dei piccoli vasetti sparsi negl'angoli, emettere una strana luce verdastra che proiettata a bagliori sul soffitto, lo rendeva come se fosse composto da un liquido che ondeggiava.

Il tutto era ipnotico.

Lei si schiarì la voce ed inizio a parlare. "C'era una volta un ragazzino di nome Gilbert, un pestifero alla ricerca continua di guai.

Scappava sempre da casa, uscendo dall'abbaino della soffitta, dove passava la maggior parte del tempo, quello era il suo regno, ma non disdegnava ogni tanto qualche fuga all'esterno.

Gli piaceva rincorrere gli Illavac, e quindi spesso e volentieri si recava presso la valle.

Un giorno, scorrazzando qua e là si perse nei meandri della foresta vicino alle grotte di Ecul, scivolò correndo su dell'erba bagnata dalla rugiada del mattino, a quell'ora il sole non riesce ad occuparsi anche di quell'area, e finì all'interno di una piccola depressione.

Cadde su alcuni strani fiori, e al tocco sentì, che emettevano aria dal bulbo ed un fiacco suono.

Così si mise come di sua indole, a calpestarli uno ad uno per sentirne il suono, come se fossero dei flauti viventi.

Fortuna vuole che ne portò alcuni esemplari a casa per mostrare la sua scoperta ai genitori.

A parte le sculacciate che ricevette per essere uscito di casa senza autorizzazione, è stato grazie a lui, che questo fiore e la sua caratteristica, sono entrati a far parte delle meraviglie che oggi utilizziamo per aiutare le persone."

"Tutto qua!"

Esclamò sorridendo seduta e con le mani giunte tra le gambe.

"Ce la fai a rimanere un momento da solo?"

Mi chiese dandomi un bacio sulla fronte.

Annuii con il capo stringendo le labbra.

"Torno subito!"

Disse ricoprendomi delle foglie cadute.

Quando lei uscì dalla stanza, mi accorsi che non c'era alcuna porta, semplicemente in fondo alla stanza voltò a sinistra e poi scomparve.

Non sentivo alcun dolore provenire dall'addome, ma non volevo sforzare, quindi me ne restai sdraiato, in generale comunque stavo molto meglio.

Volevo lei vicino, era quello che più mi premeva al momento, e questo via vai, e tutti questi inconvenienti mi rendevano nervoso.

Notavo che aveva un bel da fare e che comunque era molto importante per la collettività, perché veniva continuamente interpellata per una miriade di casi e problematiche diverse, per tanto mi sentivo agevolato in tante cose e anche questo mi rendeva orgoglioso di lei.

"Eccomi!"

Esclamò rientrando nella stanza e sedendosi nuovamente sul bordo del letto.

"Allora che mi racconti, si comporta bene il personale, ti serve portino qualcosa?

Tu chiedi tutto quello che vuoi senza timore"

Disse lei con un sorriso orgoglioso.

"A proposito! Non aver paura di eventuali crolli, non pensarlo nemmeno, qui siamo ben al di sotto della superficie".

Con l'ultima frase mi tolse il timore di dover condividere parte del letto con il soffitto.

Potei sentirmi più rilassato da quel momento.

Dopodiché continuammo a parlare.

"Non riesco a capire cosa sia successo, non ricordo molto dell'incidente, qualcosa aveva colpito il carro, devo esser stato sbalzato all'indietro e di aver battuto la testa, poi credo di essere svenuto, anche se ho l'impressione di aver visto qualcosa dopo...".

"Cosa intendi?"

Disse lei con la voce piena di sorpresa.

"Sì"

Le risposi.

"Ho come vissuto un incubo, non riuscivo più a trovarti, non sapevo se stavi bene, il nulla!"

Mi fermai un attimo a pensare.

"Aspetta un attimo, ho un ricordo un po' confuso, c'era una bambina, con lunghi capelli rossi tutti arruffati, era sola sembrava esser stata abbandonata, tanto rifletteva il posto in cui si trovava."

Lei ora sembrava molto interessata e concentrata nell'ascoltarmi.

"E poi?"

Chiese lei.

"Rammento che scappò via, e che mi disse che quella era casa sua e che non potevo capire..."

"Capire cosa? Secondo te che vuol dire?"

"Ah scusa! Poi c'era anche un piccolo quadretto che ci vedeva insieme sorridenti, ma io non ti ho mai conosciuta prima, com'è possibile?"

Guardai lei con aria perplessa.

"Wow!"

Esclamò lei sorpresa.

"Incredibile!"

Ribatté, anche se il viso veniva colto di sorpresa da un filo di tristezza.

"Credo sia stato qualche effetto collaterale dell'intervento dei curanti, me ne informerò sicuramente perché altrimenti vorrebbe dire che...".

Disse con voce incredula.

"Vorrebbe dire che cosa?"

Gli chiesi.

"Lascia perdere non puoi capire!"

Si alzò dal letto, mi guardò mettendosi una mano tra i capelli e sbuffando, si allontanò verso l'uscita.

"Che succede, dove vai adesso?"

Chiesi preoccupato.

"Devo controllare una cosa poi torno." Rispose dandomi le spalle, si fermò per un attimo di fronte all'uscita, bisbigliò sottovoce, qualcosa del tipo "*come sia possibile che...*" poi riprese a camminare più velocemente e lasciò la stanza.

Rimasi sorpreso dalla sua reazione, era cambiata drasticamente dopo che le avevo detto della bambina.

Ma perché?

Come mai l'aveva influenzata tanto?

Passai del tempo a rimuginare su tutto quello che era successo, cercando di ricordare anche i più piccoli particolari, ma niente, c'era come una coltre di nebbia che non lasciava intravedere nulla.

Guardai attentamente il fogliame che mi ricopriva, era pulsante sembrava sincronizzato col mio battito del cuore.

Ne presi in mano una, e notai che il pulsare delle altre si era fermato per un momento, poi riprese.

Una volta via dalle compagne, la foglia che avevo in mano sembrava spegnersi piano piano.

È meglio che la rimetta al suo posto, prima che perda la sua luce completamente.

Pensai.

Pian piano vidi che riprese a pulsare normalmente.

Non ne conoscevo il reale beneficio, ma rimasi meravigliato da questo incanto.

Ogni tanto sentivo un colpo di tosse provenire dalla fine della stanza, dove c'era quella forma di uscita, probabilmente c'era una guardia appena fuori a vigilare su di me.

Però che efficienza!

Pensai.

Giunsero due persone che non conoscevo.

"Buongiorno, come si sente?"

Dissero in modo cordiale.

"Mi sento piuttosto bene, non sento alcun dolore, anche se è presto per dirlo, anche perché dovrei muovermi per esserne certo."

Risposi.

"Bene, adesso la liberiamo dalle foglie di Ativ e potrà alzarsi, ma faccia piano e con calma mi raccomando."

Disse il curante con fare molto amichevole.

"D'accordo farò attenzione."

Confermai.

"Può togliermi una curiosità?"

Chiesi al curante.

"Mi dica, se posso risponderle..."

Puntualizzò.

"A cosa servono queste foglie? Qual è il loro scopo, la loro funzione?"

Il curante accennò un sorriso.

"Sono foglie molto particolari, crescono nelle fessure delle pareti rocciose all'interno delle grotte di Ecul, un luogo a est da qui.

Sono dei rampicanti, al contrario di come si pensi, non hanno bisogno di un fusto legnoso detto comunemente tronco, da cui crescere, ma sono autonome, sembrano delle comuni foglie finché non vengono utilizzate nel modo che conosciamo."

Orgoglioso e compiaciuto continuò a parlare.

"In pratica quando vengono posizionate su di un corpo, distribuiscono l'energia delle parti sane alle parti ferite, in questo modo accelerano la guarigione, detto in parole semplici che lei possa capire."

Sembrava sapere il fatto suo, mentre spiegava.

"Ecco fatto, adesso è libero, provi ad alzarsi, ma mi raccomando di nuovo, faccia piano".

Mi alzai con cautela.

"Ecco bene!"

Esclamò con soddisfazione il curante.

"Provi a camminare adesso".

Feci un passo e poi un altro e poi un altro ancora.

"Benissimo!" Disse il curante tenendomi per un braccio.

Mi abbassai piegando le ginocchia e rialzandomi di scatto.

"Beh avete visto, benissimo direi!"

Esclamai felice.

"Faccia piano le ho detto, non si faccia prendere troppo dall'entusiasmo adesso."

Disse il curante sorridendo comunque.

"Grazie, è merito vostro se adesso sto meglio, non finirò mai di ringraziarvi per questo!

Se c'è qualcosa che posso fare per ricambiare basta che chiediate!"

Dissi stringendo la mano ad entrambi, ma a questa mia affermazione, notai delle smorfie sui loro volti che sembravano tutto tranne che di felicità.

"Bene, noi adesso dobbiamo andare, non si allontani dalla stanza per favore, ogni tanto verremo a trovarla per sapere come sta, non si preoccupi non resterà troppo solo."

Entrambi mi salutarono con un leggero inchino e si diressero verso l'uscita, ma improvvisamente li vidi scostarsi di colpo.

Entrò lei nella stanza, subito dopo loro uscirono con fare spedito.

"Ciao, ti vedo preoccupata"

Le dissi.

"C'è qualcosa che non va?"

Continuai.

"No, semplicemente ho molte cose di cui occuparmi."

Disse strofinandosi il viso con entrambe le mani e massaggiandosi le palpebre.

"Sembri stanca, vuoi riposarti un po' qui con me?"

Gli dissi accarezzandogli il viso e fissandola negli occhi.

"No!"

Rispose togliendomi la mano dal suo viso.

"Sono passata solo per vedere come stavi dopo il trattamento, ma devo tornare ai miei compiti, l'area della torre in superfice è ancora in subbuglio, dobbiamo cercare di contenerne i danni."

Disse con modo fermo e un po' schivo nei miei confronti..

Nella stanza non faceva caldo eppure notai del sudore scenderle lungo la fronte. All'improvviso lei ebbe un mancamento e cadde in ginocchio.

"Cos'hai?"

Esclamai preoccupato.

"Niente sono solo un po' stanca."

Affermò riportando indietro i capelli.

"Sicura? Vuoi che chiami la guardia?"

Lei mi squadrò con aria sorpresa.

"No, adesso sto meglio non ti preoccupare...".

L'aiutai a risollevarsi, lei cercò di non incrociare il mio sguardo, si voltò e disse:

"Devo andare adesso, tu resta qui, forse ci vediamo tra un po', forse più tardi, non lo so...".

"Va bene..."

Le risposi.

"Ma cerca di riposarti."

Continuai.

Lei uscì dalla stanza, coprendosi la bocca con una mano, e salutandomi con l'altra.

Nella mia testa subito mille interrogativi.

Com'è possibile che un angelo si senta stanco?

La loro immortalità, la loro fede non dovrebbe aiutarli a superare qualsiasi ostacolo?

Pensai.

Non la vidi sudare nemmeno dopo aver corso per raggiungere la torre.

Qualcosa non mi quadrava, qualcosa era cambiato.

"Buongiorno!"

Interruppe i miei pensieri una nuova presenza.

"Buongiorno a lei!"

Risposi.

"Un'altro accertamento?"

Chiesi.

"No, non sono un curante, dovrebbe seguirmi per favore, ho saputo che può muoversi senza problemi."

Sottolineò.

"Porti con sé tutte le sue cose."

Puntualizzò.

"Ci sono solo io, non ho null'altro con me."

"Bene allora mi segua per favore."

Disse indicandomi l'uscita.

"Dopo di lei!"

Insistetti e assieme al suo gesto di approvazione, uscimmo dalla stanza.

Subito fuori, come avevo pensato una guardia assonnata salutò il nostro passaggio, si aggiustò l'elmo e lasciò la sua vecchia posizione per seguirci.

Percorremmo un lungo corridoio, un'ambiente molto più ampio in altezza di quello della stanza in cui mi trovavo, anche l'aria era molto più fredda.

Il lucido susseguirsi di colonne formava archi sul soffitto, intersecandosi alle estremità sia in alto che presumevo in basso, creavano un gioco di specchi tanto erano uguali.

A terra il pavimento era rialzato e le colonne continuavano sotto di esso.

Non avrei mai pensato di vedere uno spettacolo architettonico di questo genere.

L'ambiente era illuminato da una luce che proveniva dall'intercapedine sotto il pavimento, con un gioco di riflessi si estendeva fino al soffitto per finire su una pietra incastonata esattamente dove si incrociavano le estremità delle colonne, questa gemma aveva il compito di proiettare un fascio di luce direttamente sul pavimento, tutto molto suggestivo, mostrava inoltre una forte conoscenza ingegneristica.

Ogni tanto da ambi i lati, il corridoio veniva attraversato da altri passaggi, che di conseguenza venivano intersecati da altri e così via.

Un labirinto di riflessi.

Doveva essere molto grande l'area sviluppata al di sotto della torre, forse proprio per trovare riparo da eventi come quello che era accaduto in superfice.

Questo mi lasciava presupporre quindi che fossero in qualche modo previste situazioni del genere.

Ad un tratto raggiungemmo la fine del corridoio, che si allargava sui lati.

Due guardie, l'una di fianco all'altra, erano ferme ad espletare il loro compito.

Da questo punto una scala si inerpicava verso l'alto.

Con un gesto della testa, il mio accompagnatore salutò il piccolo drappello di guardie, che ci lasciò proseguire.

La scala sembrava non finire mai, sentivo la stanchezza che avanzava assieme ai gradini, ero stato troppo fermo e probabilmente non avevo ancora recuperato completamente le forze, ma non dovevo cedere, non volevo più tornare in quella stanza, non tanto perché non fosse stata accogliente, ma per il semplice motivo che mi sentivo un po' come un prigioniero.

Mentre salivamo, pensavo a dove mi stesse portando.

Questa nuova figura, era diversa dai curanti, non parlava molto, anzi non proferiva parola.

"Dove stiamo andando?"

Chiesi con un velo di curiosità.

"Non si preoccupi, siamo quasi arrivati."

Rispose con tono deciso.

Sentivo in maniera sempre più nitida forti schiamazzi arrivare dall'alto.

La scala finì in un salone enorme, due guardie ci salutarono al passaggio.

Mio malgrado vidi scene raccapriccianti.

Sistemati uno fianco all'altro decine di feriti divisi in file, che chiedevano aiuto.

I curanti facevano il possibile, trasportando all'interno di alcune sale adiacenti, quelli più gravi.

Le urla erano strazianti.

"Non ci faccia caso e mi segua."

Disse la guida.

Il suo modo era freddo, come potevo non farci caso, come si può non sentire quella sofferenza sulla propria pelle?

In fondo erano persone come noi e che avevano bisogno di estremo aiuto.

Dietro di noi sempre presente come un segugio, la guardia che ci aveva scortato da quando avevamo lasciato la stanza.

In fondo al salone e proprio nella direzione che stavamo percorrendo, si poteva vedere la luce filtrare dalla grande porta, che avevo sempre visto da un'altra prospettiva.

Molto particolare il fatto che la luce attraversava la porta anche se questa sembrava chiusa.

Ci fermammo di fronte alla soglia, la guida fece un cenno ad una delle guardie che ne presidiava il passaggio, questa immediatamente si mise al fianco dell'altra che ci aveva seguito.

Indicando la porta con un gesto della mano, la stessa si aprì verso l'esterno, anche se ripeto, sembrava come se fosse già spalancata, era come trasparente, con dei bagliori color fucsia e a tratti blu che ne delineavano i contorni.

Forse era proprio questa la magia di cui parlava la guardia, che avevo incontrato appena arrivato presso la torre la prima volta.

"Eccoci arrivati, la prego dopo di lei, attraversi la porta per favore."

Disse la guida.

Grazie al consiglio di quella guardia che mi spiegò il funzionamento del portale, sapevo che non sarei potuto più rientrare, quindi cercai di capire perché mi trovavo in quella situazione e perché sarei dovuto uscire, per tanto cercai un motivo per rimanere.

"Scusatemi ma lei mi ha detto di attenderla, pensavo si trattasse di un ulteriore accertamento, ma non posso lasciare la torre senza informarla!"

"Lei chi scusi?"

Ribatté alterandosi.

"Lei, l'angelo dai capelli rossi, che mi ha portato qui!"

"Non conosciamo nessun'Angelo al momento che ricalchi la sua descrizione, ci dispiace."

Rispose con tono deciso.

"State scherzando? Era con me nella stanza, potete chiedere ai curanti, che passavano a verificare il mio stato di salute,"

Esclamai a voce alta.

"Sentite non so a che gioco stiate giocando, ma non intendo lasciare la torre senza di lei, perlopiù stava male quando ci siamo lasciati l'ultima volta, quindi vorrei vederla e subito!"

Mi lasciai trasportare dalla rabbia, non curante del fatto che attorno a me si stesse formando un piccolo esercito di guardie.

La guida alzò la mano e le guardie indietreggiarono di qualche metro abbassando le lance.

"Senta nel rispetto delle persone ferite, abbassi il tono della voce, le ripeto che non conosciamo questa lei che sta tanto osannando, ma le lascio comunque decidere quale sarà il suo destino, attraversare la porta e quindi andarsene per la sua strada senza conseguenze, o decidere di stuzzicare le fantasie della nostra guardia reale, le confesso che non vorrei essere al posto suo nel caso scelga quest'ultima opzione."

Non riuscivo a capacitarmi di tanto accanimento, fino a poco fa sembravo l'ospite più importante della torre, mentre ora la mia presenza non era più gradita? Ma perché?

Cos'era cambiato nel frattempo e perché nessuno sembra ricordare lei, l'Angelo rosso che mi ha fatto innamorare?

Era chiaro che non potevo affrontare un numero così elevato di guardie, non avevo alcun tipo di addestramento, avrei avuto solo il pensiero di lei a dare forza a queste mani, ma non sarebbe servito comunque contro quelle aguzze mietitrici, avrei rischiato di non rivederla e questa assolutamente non era la strada che volevo percorrere.

Dovevo inventarmi qualcosa e dai loro sguardi il tempo era scaduto.

Ad un tratto una guardia venne afferrata ad una gamba da un ferito che era lì a terra in attesa di cure, voltandosi e chinandosi per liberarsi dalla presa, la guardia si frappose tra me e la guida, quello fu il momento propizio per prendere in mano la situazione.

Afferrai con tutte le mie forze la sua lancia, con un calcio scaraventai la guardia contro la guida, poi mi voltai puntandola alla gola di una delle guardie vicine, che rimase paralizzata dalla scena.

"Non volevo arrivare a questo punto!"

Urlai mostrando che la punta della lancia stava già graffiando la pelle.

"Non voglio fargli del male a meno che non mi costringiate, se dovrò andarmene lo farò, ma non senza di lei!"

A queste parole la guida scoppiò a ridere e bloccando le guardie che stavano puntandomi le lance disse:

"Ammiro veramente il suo coraggio, ma lo sa che non uscirà vivo da qui vero?

Ma la lascerò fare, sono curioso di vedere fino a che punto si lascerà trasportare dalla sua stupidità!"

"È l'amore a guidarmi, la luce che mi indica la via, e se questo mi porterà a morire, saprò che almeno per un momento, nella mia umile vita, avrò vissuto davvero!"

Dissi queste parole con una fermezza disarmante, che le guardie per un momento ebbero uno sguardo di ammirazione.

"Ora mi allontanerò piano piano, vi prego di non seguirmi, non è la violenza che cerco."

La guida senza parole, teneva il braccio in alto ad indicare alle guardie di restare in posizione.

Piano piano indietreggiai fino a raggiungere la scala da cui arrivammo.

Qui era più facile tenere a bada le altre guardie pensai, in quanto l'ambiente era più stretto e quindi non potevo venire sorpreso dai lati.

Il problema più grosso era gestire le guardie che presidiavano il fondo della scala, ma questo era un compito speciale che stavo per lasciare alla guardia che tenevo in pugno.

Sembrava che nessuno ci seguisse per il momento, quindi ne approfittai per rallentare la discesa e la tensione in modo da far capire alla guardia, quali erano le mie vere intenzioni.

"Come ti chiami?"

Chiesi alla guardia che subito mormorò qualcosa di incomprensibile.

"Non voglio farti del male, ma non costringermi a cambiare idea."

Dissi parlandogli nell'orecchio.

Mi fermai e ammorbidii la presa al collo della guardia in maniera controllata.

"Suicul!

Mi chiamo Suicul!"

"Bene Suicul!

Anche se avrei preferito conoscerti in un altro momento, magari degustando del buon idromele nella taverna degli Ihcro a Oiznasib, comunque piacere di conoscerti Suicul, io sono Xam!"

"Adesso ti libererò dalla presa, ma dovrai restare calmo, se le guardie ti chiederanno qualcosa, dovrai dire loro che dobbiamo tornare alle stanze perché per precauzione, ho ancora qualche giorno di riposo, e che tu resterai a vigilare su di me per tutto il tempo necessario."

Scendemmo le scale che ricordavo più lunghe.

“Mantieni la calma e ricorda quello che ti ho detto!”

Dissi a Suicul pungendolo alla schiena con la lancia.

“Ora prendi la lancia, confido nella tua intelligenza!”

Gli dissi allungandogli la lancia.

Suicul si posizionò davanti a me, come di consueto fanno quando scortano qualcuno.

Giungemmo alla fine della scala, e potei vedere parte di un elmo di una guardia spuntare dall’angolo.

Suicul prese subito la parola.

“Buongiorno!

Lo riporto alla sua stanza dove resterà ancora per qualche giorno sotto la mia supervisione.”

La guardia con cui parlava, scrutò meticolosamente lo sguardo di Suicul, notando che qualche goccia di sudore si faceva largo lungo la sua fronte.

“Si sente bene?”

Replicò la guardia attenta.

“Si certamente!

Ho fatto le scale velocemente e non sono abituato, di solito non scendo mai qua sotto."

Rispose con astuzia Suicul.

"Bene bene, potete passare!"

Disse la guardia salutandoci con un gesto della mano.

"Un attimo!"

Disse bloccandoci di colpo il passaggio mettendo una mano davanti al cinturone di Suicul.

"Dov'è il sovraintendente?"

Chiese.

Suicul attese un attimo prima di rispondere.

Il tempo si fermò di colpo.

Il sangue mi si gelò di colpo, anche perché avevo visto che una delle guardie dietro, aveva stretto la presa sulla lancia.

"Purtroppo è dovuto rimanere sopra a causa dei feriti, che stanno creando non pochi problemi alle altre guardie!"

Rispose Suicul con freddezza.

"Scusate se vi ho fatto attendere oltre, ma cercate di capire siamo tutti un po' nervosi a causa di quello che è successo."

Acconsentì la guardia con un'espressione di sollievo.

"Si figuri, conosco bene la procedura!"

Rispose Suicul con uno sguardo di approvazione.

Avanzammo lungo il corridoio fino a perdere di vista le guardie che erano vicino alla scala.

"Sei stato molto bravo Suicul!"

"Potevo farti arrestare lo sai, ma credo in quello che dici, voglio darti una possibilità!"

Rispose Suicul porgendomi la lancia.

"No!"

Dissi poggiandogli la mano su quella che teneva la lancia e spingendola verso di lui.

"Tienila tu a me non serve più!"

Gli dissi sorridendo.

"Tu sai dove può essere?"

Gli chiesi.

"Chi Boccoli rossi?"

Rispose con fare da sapientone.

"Ma tu la conosci allora?"

Ribbatei con sorpresa.

"Chi non la conosce tra le guardie...".

Disse ridendo imbarazzato.
"E come mai prima sembrava che nessuno la conoscesse?"
Chiesi bloccandogli il passaggio.
"Non posso dirtelo ora, dobbiamo trovare un posto dove riorganizzare le idee, non possiamo girovagare senza una meta altrimenti ci scopriranno, e ricordati non sappiamo cosa abbia in mente il sovraintendente."
Rispose con fare autoritario.
"Suicul sei diventato tutto rosso come mai?"
Gli chiesi sospettoso.
"Ehm…"
Si schiarì la voce.
"Tu non sai che discorsi si faceva nel corpo di guardia su di lei, quante volte abbiamo sognato di vederla...".
Schivando il mio sguardo continuò a parlare.
"Si ecco hai capito dai!"
Disse poi deglutendo.
"Cadete sempre lì, fate sempre lo stesso errore, le persone vanno conosciute, vanno vissute, non si può pensare sempre a quello!

Siate maturi per favore!"
Gli dissi dandogli una pacca forte sulla spalla che lo fece quasi rantolare a terra.
"Che stupido che sei!"
Lo strinsi contro la mia spalla ridendo.
"Adesso facciamo i seri per favore.
Lei ha dato un senso alla mia vita, e non mi fermerò di fronte a nulla, pur di rivederla almeno una sola volta.
Ti prego Suicul!
Tu sei l'unica mia possibilità di riuscire in questo, e lo so quanto stai rischiando, ma ti giuro che ne varrà la pena!
Devo riuscire a sbrogliare la matassa che cela la verità, il mio istinto mi dice che ci stanno nascondendo qualcosa e scoprirò se c'è del marcio, che sia l'ultima cosa che faccio!
Ora proseguiamo caro amico mio, ti seguo dai il passo."
Gli dissi arretrando.
"A destra nel prossimo corridoio c'è il magazzino della vestizione, di solito non c'è nessuno dentro, ma in caso che ci sia qualcuno, lo sapremo perché quando

accade c'è sempre una guardia che staziona lì fuori."

"Se ti vedono con me, mi chiederanno la spilla d'argento, che i sovraintendenti consegnano durante il rito dell'assegnazione, a cui partecipano tutti gli eletti che entreranno a far parte della guardia reale.

Questa viene sostituita da un'altra color oro, una volta consegnato tutto il necessario ed effettuato il giuramento, quindi aspettami dietro l'angolo, vado a verificare che non ci sia nessuno, torno subito."

Disse con sicurezza e rassicurandomi con una mano sulla spalla, sorridendo.

Suicul era alto e muscoloso, con la pelle scura e gli occhi neri, aveva i capelli raccolti in tante piccole treccine rivolte all'indietro, per un attimo si era tolto l'elmo per asciugarsi la fronte dal sudore, poco dopo l'esperienza vissuta con le guardie alla base della scala, altrimenti poteva essere anche calvo che non lo avrei mai notato.

Il ruolo che ricopriva gli si addiceva perfettamente, doveva essere stato cresciuto con questo obiettivo fin da piccolo, ma adesso che lo conoscevo, si era dissolto quel velo gelido che lo distingueva, ora erano ben scinte le due personalità, in fondo c'era anche un uomo con dei forti principi morali.

"Eccomi qua, possiamo andare la via è libera e fuori non c'è nessuno!"

Disse guardandosi attorno.

Poco distante l'ingresso del magazzino.

"Entro prima io, non vorrei avere strane sorprese…".

Disse Suicul bloccandomi sul posto, con la mano contro il petto.

Passò poco tempo ma l'attesa fu snervante, continuavo a guardarmi attorno, come se da un momento all'altro sarebbe successo qualcosa.

"Vieni, entra! Come ti dicevo non c'è nessuno, ma non si sa mai!"

Disse cercando di tirarmi dentro aggrappandosi alla veste.

"Suicul ti prego, la prossima volta vacci piano mi hai fatto prendere uno spavento, uscire così di colpo..."

Gli dissi senza fiato.

"Cosa vuoi che suono il corno per avvisarti?"

Mi rispose ridendo.

"Non prendermi in giro sai?"

Gli dissi spingendolo dentro al magazzino.

Il magazzino era immenso, c'erano vestiti appesi all'estremità dei rami di alcuni alberelli secchi e liberi dalla corteccia perfettamente adattati allo scopo.

Le armature erano appoggiate a terra in piedi, sfruttando la loro solidità.

I riflessi dorati dei loro ornamenti, colpiti dai bagliori ondeggianti di luce verde riflessi dalle gemme del soffitto, rendeva magico anche un ambiente come questo.

Trovammo rifugio in un angolo dove la luce non poteva insinuarsi.

"Dobbiamo fare in fretta, il supervisore non se ne starà lì a guardare, sicuramente avrà mandato qualcuno a cercarci, ma a lui piace giocare, ci colpirà quando meno te lo aspetti, prega che questo non succeda, la sua crudeltà è famosa nel regno!"

Disse Suicul guardandomi dispiaciuto.

"Ma ci sei tu con me, sei del posto, conosci i suoi metodi, ci sarà pure qualche lacuna che potremmo sfruttare a nostro vantaggio, giusto?"

Dissi cercando di spronarlo poggiandogli entrambe le mani sulle spalle.

"Lo spero Xam, lo spero tanto davvero, farò il possibile te lo giuro, perché la tua causa abbia il suo giusto fine."

Disse annuendo con un mezzo sorriso.

"Avranno iniziato a perquisire le stanze all'inizio del corridoio, non abbiamo molto tempo."

Continuò.

"C'è una cosa che devo dirti prima, ma promettimi di restare calmo, è fondamentale che resti lucido, non farti prendere dal panico, ne vale la vita di entrambi e se vuoi rivederla non hai scelta!"

Suicul aveva cambiato espressione, oltre alla sua solita solidità, si poteva notare un velo di tristezza emergere.

"Quando ti abbiamo trovato, eri stato colpito da un frammento staccatosi dalla torre, più precisamente da una parte di esso per fortuna, altrimenti non saresti qui con me a parlarne...

Una scheggia ti aveva trafitto il torace da parte a parte.

La situazione parve subito critica ai nostri occhi, e quando lei ti vide in quelle condizioni, ordinò immediatamente a tutte le guardie di sospendere i loro compiti, e ad impegnarsi nel liberarti dalle macerie che parzialmente ti ricoprivano, e di spostare il carro che si era ribaltato sopra di te come a farti da scudo.

Dopodiché ti trasportammo all'interno della torre, in una sala attrezzata dai curanti, che subito ti dettero per spacciato, anche per il semplice motivo che avevi perso molto sangue ed eri rimasto incosciente.

Fu la prima volta che vedemmo lei piangere in quel modo, sì una volta ricordo di averla vista commuoversi, per una farfalla a terra che era stata calpestata, e non riusciva più a volare.

Lei la prese e la mise su una foglia a terra a lato del sentiero, e la coprì con un'altra foglia secca, costruendogli in questo modo un piccolo riparo.

Ricordo che le disse:

"Vedrai che volerai di nuovo piccola! Nessuno può negarti di vivere il tuo spettacolo!"

Quelle parole mi rimasero impresse, anche perché non conoscevo quel suo lato sensibile."

Suicul guardava a terra mentre raccontava questa sua piccola parentesi.

"Ti prego continua, stavi dicendo che lei stava piangendo per me?"

Chiesi cercando di incrociare il suo sguardo.

"Sì!

Così prese una decisione, mise una mano sulla tua fronte e l'altra sulla ferita nel petto.

La stanza si illuminò di una luce fortissima, come raggi si scagliava dalle sue dita.

In quel momento venne interrotta dal supervisore, che l'afferrò per un braccio, urlandogli che non poteva farlo, ne sarebbe venuta meno la sua natura.

Ma lei non si tirò indietro e con un gesto dello stesso braccio al quale lui si era accanito, lo scaraventò contro la parete in fondo alla stanza, fu soccorso immediatamente da alcune guardie lì vicino, mentre il resto dei presenti rimase allibito di fronte a tanta fermezza che lei dimostrava.

Lui le urlò che l'avrebbe pagata a caro prezzo, e che avrebbe fatto in modo che venisse cacciata dall'ordine.

Suicul si interruppe, si passò la mano sul viso e strofinandosi gli occhi mi guardò.

"Hai capito, quello che cerco di spiegarti e che lei ti ha donato l'immortalità, ha donato la sua vita per te, e non potrà più tornare indietro lo capisci?"

Guardai Suicul che si stava alterando e faci un passo indietro.

"Cos'hai Suicul, non capisco, calmati, perché piangi adesso?"

Gli dissi pietrificato.

“Si ne sono innamorato ok? Lei non l’ha mai saputo, è una cosa che mi porto dentro da tanto tempo, ma quando ho visto quello che lei ha fatto per te, ho capito che questa cosa non ha futuro, non voglio assolutamente interferire con quello che c’è tra voi, volevo solo fartelo presente per essere sincero con te, tutto qua!”

Disse asciugandosi le lacrime e tirando su di naso.

“Grazie caro amico mio per la sincerità, non mi sarei aspettato una cosa del genere, ma comunque apprezzo molto che tu me l’abbia detto!”

Gli dissi dandogli delle leggere pacche sulla spalla.

“Adesso torna in te per favore, come avevi detto prima non abbiamo tempo da perdere, magari riprenderemo più tardi il discorso, ma adesso non mi sembra il caso.”

Cercai di rassicurarlo.

“Si hai ragione scusami ma ci tenevo a dirtelo.”

Fece una pausa sospirando.

“Allora in fondo al corridoio che abbiamo appena percorso, a sinistra c’è una porta che conduce ad una scala, quella sarà la nostra via di fuga, te lo anticipo perché potrebbe succedere di tutto e potremmo dividerci per cause di forza maggiore.”

Disse Suicul passandomi una vecchia chiave.

“Per questo motivo tienila tu, qualsiasi cosa accada ti servirà questa per fuggire.”

Continuò prendendomi la mano con le sue.

“Non so dove sia il sovraintendente e cosa abbia in mente, ma la nostra priorità è lui e il suo ristretto numero di guardie fidate, ti dico questo perché non sono tutte convinte che lui sia dalla parte dei buoni, per tanto potremmo trovare qualcun altro disposto ad aiutarci.”

Sorrise mentre mettevo la chiave in una tasca.

“Shhh!

Stai fermo e zitto!”

Mi disse Suicul facendo forza sulle mie spalle per farmi abbassare.

Si guardò attorno con circospezione.

"Tranquillo pericolo scampato, quei maledetti vasetti mi hanno fatto prendere uno spavento!"

Disse Suicul mettendosi una mano sul petto.

"Perché cosa hai sentito?"

Chiesi incuriosito.

"Niente!

Quando il loro potere di luce finisce, emettono un fischio, questo però vorrà dire, che tra poco passerà qualcuno a sostituirlo per poi rigenerarlo, dobbiamo andare via subito, questa non ci voleva, mi ero dimenticato di questo piccolo particolare.

A questo punto non resta che andare da lei, non c'è tempo per spiegarti, devi cambiarti d'abito, devi sembrare uno di noi!

In questo modo sarà più facile eludere le guardie."

Affermò aiutandomi a sollevarmi.

Suicul prese tutte le parti necessarie a completare l'armatura, e mi aiutò ad indossarla, in quanto la parte aderente alla schiena, necessitava l'aiuto di qualcuno per poter chiudere alcuni ganci dorati, che servivano ad unire delle placche di metallo da sotto la nuca fino all'altezza della vita.

Avevo lo sguardo inchiodato in direzione della porta, stavamo impiegando molto tempo, non era semplice indossare delle cose così complesse, ed io assolutamente non avevo alcuna esperienza in questo campo.

Poi fu il momento degl'alti gambali e dei bracciali.

Per finire un pettorale, che si agganciava ad alcuni anelli imbottiti col cuoio, inseriti nella sotto veste, sia davanti che dietro alle spalle, infine veniva chiuso da alcune cinghie laterali.

"Ecco sei pronto, sembri proprio uno di noi!"

Esclamò fiero Suicul osservandomi con stupore.

"Prendi la mia spilla d'oro altrimenti potrebbero notarne la mancanza, per quanto mi riguarda dirò che l'ho persa durante la colluttazione col fuggiasco."

Suicul si passò le mani sul viso, si vedeva che era stanco e che stava rischiando il tutto per tutto.

Si affacciò dall'ingresso come una talpa che esce dal suo scavo, ignaro di cosa ci possa essere ad attenderla.

"Sta arrivando qualcuno, ma è in fondo al corridoio, tu sii normale segui il mio passo e vedrai che andrà tutto bene, l'elmo ci copre gran parte del viso potresti essere chiunque tra le guardie!"

Disse Abbassandosi la visiera di metallo.

"Ah dimenticavo, se incontreremo delle guardie lungo il nostro percorso, ricordati di salutarle, ma solo se lo fanno loro, questa cosa è andata persa col tempo all'interno della torre, devi dire:

"Al Sovraintendente!" e posizionando la mano destra sul cuore, come sto facendo io adesso ok?"

Disse provando onore nel farlo.

"Non abbiamo dei una gerarchia visibile, per non essere creare disuguaglianza a prima vista, quindi dal saluto si capisce a chi risponde la guardia che ti è difronte, capito?

È una sciocchezza secondo me, ma qui vogliono così!"

Disse battendo il pugno sull'elmo.

Uscimmo e ci immettemmo nuovamente nel corridoio principale.

Ad un certo punto il corridoio si biforcava, e nel mezzo situata tra due colonne c'era una porta di legno.

Suicul la spinse e questa si scansò senza problemi.

"Tranquillo serve solo per preservare il calore e l'umidità all'interno della sezione"

Ci tenne a precisare.

"Vedi qui all'interno c'è una vasca, noi la chiamiamo la vasca della vita, è in grado di rigenerare il corpo dall'interno, non chiedermi come faccia, sono doni dei creatori, non ci è dato di sapere altro".

"Questo luogo è molto suggestivo vero?"

Disse Suicul guardandosi attorno.

Rimasi a bocca aperta.

Qui sembravamo usciti dalla struttura della torre, eravamo in una grotta vista la conformazione.

La cavità era piuttosto grande, il soffitto era alto e pieni di stalattiti, non faceva freddo per dimensioni che aveva.

Sotto una colonna di calcare, una vasca era incastonata naturalmente, il suo interno pieno di un liquido che sembrava acqua, brillava dipingendo il soffitto di bagliori di un verde molto intenso, anche se poi da vicino i fasci di luce emessa erano di colore bianco.

"Sai perché come crea questo effetto sulle pareti?"

Chiese Suicul.

"Ci sono delle creature che vivono all'interno, emanano loro quella luce, e sono sempre loro che rigenerano il corpo, ricostruendo parti lesionate se presenti, e ringiovanendo i tessuti, tutto questo è incredibile non credi?"

Suicul ne parlava come se fosse ipnotizzato difronte a tale spettacolo.

L'ambiente aveva anche un buon odore, non c'era quel persistente puzzo di muffa, che di solito pervade le narici in questo tipo di ambienti così umidi.

“Vieni ma fai silenzio mi raccomando, puoi alzare la visiera qui non serve per il momento.”

Sottolineò Suicul.

“Ti ricordo che non siamo qui in visita di cortesia, siamo venuti per portarla via!”

Dissi mentre mi frapponevo tra lui e la vasca.

“Lo so, ma non possiamo interrompere il processo così di colpo, bisogna che il suo risveglio sia il più naturale possibile.”

Disse sottovoce Suicul con le mani giunte.

“Forse la nostra presenza influenzerà il suo status temporaneo e si sveglierà da sola.”

Continuò.

“Bene, là appesa c’è la sua veste e tutto il necessario, così non dovremo cercare.”

Dissi Indicando a Suicul una rientranza nella colonna.

“Cosa c’è a terra Suicul, non riesco a vedere?”

Dissi camminando quasi in punta di piedi.
"Sono solo foglie secche Xam, di cosa hai paura?
Sono lì per evitare che quando si esce dalla vasca, si tocchi il pavimento gelido con i piedi."
Disse ridendo con una mano davanti la bocca.
"Non toccare l'acqua mi raccomando, potresti influenzare il processo, in quanto le creature potrebbero rilevare un'altra entità, e questo non gioverebbe a nessuno di noi!"
Suicul mi bloccò il braccio, stringendolo così forte che capii subito l'importanza delle sue parole.
"Vieni mettiamoci di fianco a lei, non so come facciano i curanti a risvegliarle durante il trattamento, quello che so lo stiamo già facendo."
Disse con sguardo dubbioso.
Lei era bellissima immersa in quel miracolo, solo il viso e i prosperi seni appartenevano a questo mondo.

I lunghi capelli sembravano delle piante acquatiche che con loro ondeggiare ti ipnotizzavano.

"Come mai non utilizzano anche in questo caso il fiore di Gilbert?"

Chiesi incuriosito.

"Non è necessario, qui dentro l'aria è satura di una sorta di calmante, è un particolare tipo di muschio fatto crescere apposta in questa sala, per sfruttare a pieno i poteri curativi di chi viene immerso nella vasca.

Noterai infatti che ti senti un po' assonnato non è vero?"

Disse Suicul squadrandomi con lo sguardo.

"È vero, pensavo fosse stanchezza, invece adesso che me lo dici..."

Risposi strofinandomi gli occhi.

"Ci sono altri ingressi a quest'area?"

Chiesi guardandomi attorno.

"Sì, ce ne sono due secondarie in fondo alla sala di là oltre la colonna, riportano una al corridoio di sinistra, l'altra a quello di destra, in linea d'aria poco più avanti di dove siamo entrati, ma ci conviene uscire dalla principale, la porta delle scale di cui ti ho dato la chiave è più vicina da quel lato!"

"Puoi toccarle la fronte se vuoi, ma raccomando ancora, non l'acqua!"

Disse Suicul accompagnandomi il braccio verso il viso di lei.

"Ecco così."

Sembrava emozionato, aveva stretto le labbra in quel momento.

Fu come una scarica elettrica quel tocco, non riuscii a trattenere le lacrime.

Pensavo al suo gesto:

Donare la vita ad uno sconosciuto senza il minimo indugio, è forse questo il vero senso dell'amore?

Si può arrivare a tanto?

"Con le dita scivolai dalla fronte, passando le sottili sopracciglia, salii lungo il pendio di quel nasino perfetto, per poi lasciarle cadere su quelle labbra di cui tanto avevo sognato."

Suicul allo stesso momento si voltò verso la porta, non c'era nessuno in quel momento, penso sia stato più forte di lui vivere quella scena.

"Perché non mi baci invece di giocare?"

Mi voltai piano piano, incredulo di aver sentito la sua voce, tant'è che per un attimo pensavo che fosse la mia immaginazione.

Lei ancora immersa, ma con gli occhi di lato che mi fissavano, misi la mano sulla mia bocca tant'era forte l'emozione.

"Ciao!"

Le dissi avvicinandomi.

Sentire di nuovo quel tocco morbido e umido, mi scosse tutto il corpo in un brivido che lo percorse da cima a fondo.

Suicul emise un colpo di tosse e disse:

"Signori dobbiamo andare, potrebbe venire qualcuno a controllare il suo stato."

"Hai ragione scusaci."

Risposi a Suicul.

"Come ti senti?

Ce la fai ad uscire dalla vasca?"

Chiesi a Lei.

Guardò a terra e poi rispose.

"Certo, ma che succede?"

Mi chiese lei squadrando entrambi.

“Te lo racconto dopo, adesso dobbiamo andare via di corsa, non c’è altro tempo per parlare!”

Gli dissi allungandogli la mano per aiutarla ad uscire dalla vasca.

Suicul mi passò le vesti di lei che nel frattempo aveva preso dall’angolo, e disse mentre accennava una leggera corsa:

“Io vado intanto a controllare che non arrivi nessuno, vi prego fate presto!”

“Ecco brava così, ora metti un piede qui, e uno qui.”

Le dissi mentre strisciando i piedi, accatastavo le foglie a terra, vicino a lei, per rendere più morbido il suo tocco col pavimento.

“Ora voltati così ti aiuto a mettere la veste.”

Le dissi arrossendo.

“Che carino che sei, ma ce la faccio anche da sola grazie!”

Disse lei sorridendomi e accarezzandomi il viso.

“Ci muoviamo per favore?”

Disse Suicul indicandoci l’uscita.

"Eccomi sono pronta possiamo andare, ma dovrei indossare la mia armatura che adesso si trova nella mia stanza."

Disse lei rimanendo immobile.

"Non c'è tempo per recuperarla, dobbiamo scappare ci stanno cercando e ci uccideranno se ci trovano, è di vitale importanza che tu mi creda, non posso spiegarti ora, andiamo per favore!"

"Xam giù la visiera ora, dobbiamo sembrare la sua scorta, io starò davanti e tu starai dietro di lei, c'è la possibilità che le guardie ancora non sappiano che anche lei verrà espulsa dall'ordine, credo che il sovraintendente attenda l'esito della cura da parte dei curanti, quindi approfitteremo di questa cosa, sempre che non mi sbagli."

Disse Suicul guardando fisso su di lei.

"Espulsa?" Mi disse lei all'orecchio.

"Lo so, lo so ti può sembrare stupido e privo di senso quello che ti stiamo dicendo, ma credimi una volta al sicuro ti racconterò tutto!"

Le dissi prendendola per mano.

"Suicul fai strada siamo pronti."

Gli dissi mentre lasciavo la mano di lei prendendo posizione.

Forse quella sarebbe stato l'ultima volta che avrei vissuto la sua pelle, la tensione iniziava a farsi pesante, cercavo di trattenermi ma già la sentivo scorrere lungo la schiena, in una goccia di sudore, che scivolava lenta proprio per aumentarne il prezzo.

Il corridoio davanti a noi sembrava allungarsi ad ogni passo, la sensazione che da un momento all'altro avremmo incrociato il percorso di qualcuno, si sentiva come una palla al piede.

"Ecco la porta, Xam usa la chiave che ti ho dato, intanto io ti copro le spalle."

Disse sovrapponendosi tra me e lei.

"Suicul, la serratura sì è sbloccata, ma c'è qualcosa che blocca la porta!"

Dissi rimettendo la chiave nella tasca e afferrando le sbarre dell'adito, scuotendo avanti e indietro invano.

Suicul insieme a lei, si misero a tirare la cosa funzionò per un palmo di mano.

"Maledizione!

Non sono più quella di una volta, altrimenti l'avrei strappata dalla sede senza sforzo!"

Disse lei guardandosi le mani.

"Su tiriamo insieme, al mio tre!"

Esclamai.

"Xam, o adesso o mai più, guarda in fondo al corridoio!"

Disse Suicul che mi prese la testa con le mani, girandomela verso sinistra.

"Li vedi quei due? Bene, non stanno venendo sicuramente qui per chiederle:

Come sta?

Quindi vediamo di uscire da qui e subito!"

Esclamò attaccandosi alle sbarre della porta di ferro e tirando come un Illavac.

"Dai che si apre! Ancora uno sforzo!"

Suicul ci spronava come se stesse urlando in battaglia!

"Ehi voi tre che state facendo?

Fermatevi subito!"

Il sangue mi si gelò nelle vene, al sentire l'urlo da lontano di una delle guardie.

"C'è spazio a sufficienza per passare, andiamo, via, via, via!"

Urlai come se avessi vinto una partita di Damn Tower.

Ci infilammo a più non posso, dentro lo stretto passaggio, e ci fiondammo giù per le scale che scendevano a spirale senza la minima attenzione.

"Suicul aiutami a rompere tutti i vasetti di luce, così guadagneremo un po' di tempo, e lasciamo che siano le tenebre ad accogliere i nostri inseguitori!"

"Siamo quasi fuori a destra a destra!"

Urlò Suicul senza fiato.

La scala finì presentando un percorso a tre vie, tutte chiuse da spesse inferiate.

Come da suggerimento di Suicul, voltai a sinistra dove un piccolo corridoio nascosto, portava ad una grande sala senza alcuna sorta di illuminazione.

"Fermo Xam, qualcosa non va!"

Disse Suicul portandosi avanti a noi.

"Non credo sia già sveglia la luna, qualcosa non mi quadra, restate indietro!"

Disse avanzando lentamente nell' oscurità.

“E bravo il nostro amico, fidata guardia della grande torre! Che sensi acuti che abbiamo!

Così adesso sei un disertore al comando di due che per amore firmeranno un patto con la morte?”

“Quella voce l’avrei riconosciuta ovunque.

Delle guardie disposte ai lati diedero vita a delle Fiaccole incastonate nelle pareti.

Il Sovraintendente ci bloccava la via e assieme a lui, poco distante nella retrovia, un’altra figura si celava nell’ombra.

Due guardie incrociavano le lance davanti a quella sagoma confondendone agli occhi, gli oscuri contorni.

“Non so a quale gioco tu stia giocando caro nostro amico, ma finisce qui e adesso!”

Il sovraintendente con un gesto della mano, indicò a due guardie dietro di lui di procedere verso di noi.

Alzai immediatamente la lancia puntandola verso la prima guardia che giunse a tiro.

Suicul si affiancò supportandomi.

Lei rimase incollata alla mia schiena.

"Signor Sovraintendente, insisto nel dirle che non voglio creare alcun tipo di problema, vorrei solo andarmene e dimenticare tutta questa storia, a differenza di prima, porterò anche lei con me e se attaccherete ci difenderemo!"

Gli riposi fissando la guardia di fronte ma me.

"Vedo che sai chi sono, questo vuol dire che devi aver soggiogato per bene, la mente di quella che era una delle guardie reali tra le più fidate.

Chi sei?

Qualcuno presente in questa sala conosce quest'uomo?

Quale diavoleria hai usato tanto da convincere Suicul, cresciuto tra queste pareti, a seguire la tua follia?"

Disse osservandomi con sguardo sicuro di sé.

"Che mi creda o no, la verità e l'amore che provo per lei, questo ho usato niente di più!"

Lei mise una mano sulla mia spalla al sentire quelle parole.

Ci fu un attimo di silenzio nella sala.

Ora potevo sentire i suoi capelli solleticarmi la nuca, poi un sussurro dalle sue labbra.

“Scusami.”

Un bacio sul collo mi chiuse gli occhi.

Lei mi passò di lato senza che me ne potessi accorgere, la sua veste mi sfiorò ma non feci in tempo ad afferrarla.

“Dove vai?

Torna qui, che vuoi fare?”

Le urlai immobile a causa di una guardia che approfittando del momento, ora si frapponeva tra me e lei.

“E così ti nascondi nell’ombra, non hai nemmeno il coraggio di farti vedere?”

Lei si fermò davanti le guardie che con fare sincronizzarono si spostarono bloccandole il passaggio.

Continuò a parlare indicando la presenza nell’ombra.

“Tu! Si sto parlando proprio con te!

Solo questo sai fare?

Sei un vigliacco!

Come hai potuto farmi questo?

Io sono sempre stata al tuo fianco, ed ora tu che fai, alla prima occasione, mi cancelli dalla tua vita gettandomi via come una foglia al vento?"

Il suo modo isterico e le sue parole mi gelarono il sangue.

Chi era quella figura difesa dall'ombra?

All'improvviso mi sentivo come prosciugato.

Stavo male.

E se quel sogno sia stato premonitore di qualcosa?

E allora chi era quella bambina?

Il cervello mi andava a fuoco, ma non dovevo perdere la concentrazione, la guardia che avevo davanti non aspettava altro, che mi distraessi solo per un attimo, poi non avrei avuto modo di porle queste domande.

La sagoma si sposto in avanti lentamente, si doveva sorreggere con un bastone, se ne potevano sentire i colpi a terra ad ogni suo passo.

Si fermò con astuzia sempre in retroguardia, inclinando il bastone verso l'esterno, a tal punto che la gemma in cima ad esso, venne attraversata dalla luce emanata da una delle torce sulle mura, questo causò un istantaneo fascio di riflesso, che invase la sala di mille colori.

Aveva i capelli lunghi completamente bianchi.

Bianche erano anche le sopracciglia finemente curate, e la barba che si sviluppava solo a mostrare i contorni di una forte mascella squadrata.

L'armatura era come uno specchio con i bordi dorati.

"Hai fatto una scelta, lo sai qual è il prezzo da pagare."

Disse scostando le due lunghe ciocche di capelli, che gli pendevano ai lati.

"E allora che senso a tutto questo?"

Rispose lei che passando il braccio indicava tutti i presenti davanti a noi.

"A questo punto non mi interessa sapere cosa sia cambiato nei miei confronti, voglio solo andarmene, ho preso delle decisioni sì, ma non per questo devo essere trattata in questo modo, e non ho alcuna intenzione di restare a questo punto, vivrò la mia vita anche fuori di qui, via da questo posto consumato dall'ombra e corrotto dal potere!"

Fece una pausa coprendosi gli occhi con una mano.

"Sono stufa di vivere l'ordine delle cose, di dar per scontato che accadrà questo o quello, voglio essere libera, vivere quello che resterà della mia nuova vita, senza limiti, senza qualcuno che deve sempre dirmi che cosa devo fare!"

Si voltò verso di me in quel momento.

"E la voglio vivere con lui, sì, che ha saputo dimostrarmi che l'amore esiste davvero, negli occhi, sulla pelle, sulle labbra."

Un brusio di voci si alzò leggero a riempire l'aria che restava.

Lei mi guardava sorridendo, mentre una lacrima le accarezzava il viso e rallentando la baciava.

Quello che disse mi rifocillò l'anima, e diede la forza di stringere ancora di più la presa alla lancia.

Dentro mi sciolsi come neve al sole, ma la visiera mi aiutò a trattenermi dal condividere.

Annuii con un cenno della testa, anche se al solo ricordare il suo profumo, la sua pelle così liscia e morbida, e quello che mi regalò alla vista quella sera in quella grotta, fu come un dolce tormento che in quel momento neppure il cielo sembrò riuscire a trattenere.

"Ho pregato tutta la vita qualcuno che non esisteva, che nel momento del bisogno non era mai presente, che quando piangevo ero sola, nessuno era lì a consolarmi, a dirmi che le cose sarebbero andate per il meglio, solo ordini hanno sentito le mie orecchie, nessun dolce sussurro allietare le mie giornate a credere in qualcosa, a dirmi che l'inverno sarebbe finito e che il mio cuore si sarebbe scaldato di nuovo un giorno."

Continuava a parlare, tenendosi stretta tra le braccia, senza preoccuparsi minimamente, dei graffi che le lacrime gli scalfivano sul viso.

"Alla fine accettai la sua oscurità, ma dentro di me non ne fu mai completamente succube, c'era sempre quel bagliore di speranza che mi aiutava ad andare avanti.”

Alla vista di quel dolce visetto diventare così triste, e lo spessore di quelle frasi, ci fu un momento dove anche le guardie, se ne stavano con lo sguardo verso terra, atterrito probabilmente da qualche verità che si sentivano addosso, nelle carni.

Ci fu un attimo dove il silenzio, veniva rotto soltanto da qualche goccia d’acqua che precipitava dal soffitto, accompagnato dal sottofondo orchestrale del crepitio delle fiaccole.

“So anche di aver sbagliato alle volte, ne prendo atto, ma presa dall’importanza dell’incarico, dalla posizione, dalla mia natura.

Ricordo ancora quel giorno come fosse adesso, nei campi a nord, c’era un piccolo villaggio, ero di scorta ad una carovana, trasportavamo alcune lastre di pietra nera del monte Oren, erano soliti offrirci le loro pietanze, quando passavamo di lì.

Eppure quel giorno eravamo in ritardo a causa di un carro a cui cedette una ruota.

Lasciammo i sacchi col cibo sul bordo della strada senza la minima considerazione.

Penso ancora ai loro sguardi allibiti di fronte a tale smacco, non mi sarei mai comportata così se non fosse per il gelo che regna ormai sovrano in questo posto.

Voglio costruire qualcosa di mio, voglio avere i sorrisi di quelle persone, voglio rincorrere una farfalla a perdi fiato.

Voglio sentire la pioggia sulla pelle che lavi via tutte lo sporco.

Voglio solo vivere non vi chiedo altro."

Finì di parlare guardando il soffitto e poggiò senza paura una mano sula spalla della guardia che era lì vicino.

La guardia non si scosse minimamente, ma si poteva notare come era rimasta colpita dal senso di quelle coltellate, che questa volta però non affondavano nella spessa armatura.

Il sovraintendente e la figura nell'ombra si guardarono per un attimo.

Lei si voltò, ci raggiunse, ci prese per mano e senza indugio ci facemmo largo tra le guardie fino a soffermarci difronte alle due autorità.

Mise una mano sulla guancia dell'oscura figura che adesso era meno nascosta.

"Lo so che non sono stata la migliore delle figlie, ma ti ho sempre voluto bene e te ne vorrò sempre, ma lasciami andare ti prego, quello che voglio non si trova qui dentro."

"Iel, Figlia mia io…".

Lei le tappò la bocca, gli si avvicinò e lo baciò sulla guancia.

"Non serve che dici nulla papà, l'ho sentito nel cuore e mi basta."

Tolse la mano dal suo viso lentamente fissandolo negli occhi dolcemente, si poteva capire che quella sarebbe stata l'ultima volta che l'avrebbe visto, mi strinse la mano e ci infilammo tra loro due verso l'uscita.

E così il suo nome è Iel.

Dissi tra me e me.

Il padre alzo il bastone ad indicare alle guardie di togliere la sbarra che bloccava l'apertura della porta e concedere che ce ne andassimo.

Abbandonata la stanza ci trovammo all'interno di una piccola grotta che poi dava subito all'esterno, sembrava essere un piccolo posto di guardia.

Appena fuori venimmo colpiti dalla luce diretta del sole, era un bel po' che non ne vedevamo e fummo costretti a coprirci gli occhi con una mano per poter proseguire.

All'improvviso Suicul che era dietro di me, urlò e si sentì chiaramente il tintinnio dei ciondoli della sua armatura, esser stati svegliati da un suo scatto improvviso.

Non ebbi tempo di capire cosa stesse succedendo ma nel voltarmi vidi il sovraintendente fiondarsi verso di lei armi in pugno.

Successe tutto così in fretta che non mi accorsi nemmeno, di averlo trapassato da parte a parte con la lancia.

Fortunatamente Suicul era riuscito con uno strattone a togliere Iel da quella traiettoria mortale, portarla alle sue spalle e prepararsi a caricare un fendente al primo che gli avrebbe fornito l'occasione.

Che formidabile guerriero doveva essere.

Il sovraintendente aveva la testa appoggiata alla mia spalla e con il sangue che si faceva strada tra i denti bisbigliò:

"Avrete anche vinto, ma vedrai che la vita saprà essere più dura di quello che immagini.

Iel morirà tra le tue braccia e non passerà molto prima che ciò accada.

Questo è il mio augurio per te, servo del potere!"

Queste furono le sue ultime parole, poi dovetti cedere il suo peso al terreno.

Indietreggiammo a lance spiegate verso la boscaglia, facendo scudo a Iel.

"Xam!"

Urlò Suicul.

"Guarda ci sono degli Illavac laggiù!"

Ci dirigemmo piano piano, verso i possenti animali sempre facendo attenzione a non abbassare la guardia.

"Suicul tu prendine uno, ma salirai per ultimo facendo attenzione che nessuno faccia scherzi!"

Salii per primo e aiutai Iel dietro di me.

"Ecco stai comoda? Tieniti forte ci sarà da correre."

Le dissi mettendole le braccia attorno ai miei fianchi.

Suicul salì sull'Illavac in tutta fretta e in quel momento le guardie si lanciarono all'inseguimento.

"Fermi! Lasciateli andare, non ha più importanza pagherà col tempo la sua scelta!"

Urlò suo padre alle guardie, mostrando il bastone al cielo.

L'Illavac si muoveva come se sul dorso non ci fosse nessuno.

Era veloce e sembrava conoscere benissimo i sentieri circostanti.

Eravamo ormai già lontani, calmai il passo dell'animale e mi voltai alla ricerca di Suicul, che vidi fermo su di un'altura, poco fuori dalla terra battuta.

Alzò il braccio in alto.

Sapevo che quello era il suo ultimo saluto.
Unendo le mani sulla bocca urlò:
"Sarò sempre qui se un giorno tornerai, te lo prometto!
Farò compagnia alla luna in tua assenza!"
All'improvviso il suo Illavac si impennò sollevando le zampe anteriori, poi tornò in posizione e sparì ingoiato dall'orizzonte.
Abbassai il braccio piano piano.
Grazie di tutto amico mio.
Pensai.
Passai la mano sulle mani di Iel come per scaldarle.
Capì subito che ero commosso ed in cerca d'attenzione, così poggiò il mento sulla mia spalla e baciandomi il collo, come segno della sua presenza.
"Che dici lo chiamiamo fulmine il nostro nuovo amico?"
Le chiesi.
"Sì, Fulmine gli si addice benissimo!"
Rispose accarezzando l'Illavac.
Diedi un colpo con le staffe ai fianchi di Fulmine e corremmo verso il sole.

Trovammo un posto bellissimo dove goderci appieno quello che la vita ci aveva sempre negato.

Costruimmo la nostra casa e anche un piccolo rifugio per Fulmine.

A pochi metri dal nostro piccolo nido la vista si tuffava in un 'immenso panorama con uno strapiombo dove la terra sembrava baciare il cielo.

Finiti i nostri sforzi, un pomeriggio la portai tenendole gli occhi chiusi con le mani, fino al dirupo.

Lì vicino ad un'enorme masso, e tenendola stretta vicino a me le dissi liberandole gli occhi:

"Adesso puoi aprirli!"

Il suo sguardo si perdeva in un disegno che avevo fatto per lei graffiando la roccia con dei sassolini.

Rappresentavo noi due e una piccola creaturina che ci teneva per mano.

Una lacrima le accarezzò il viso fermandosi sulle labbra, come per darle il tempo di poter parlare, prima di perderla per sempre.

"Amore abbiamo tutto quello che ci serve adesso, ti immagini un piccolo ciuffolino che gironzola per casa?"

Mi zittì poggiandomi un dito sulla bocca e mi baciò.

Ricordarmi questa scena mi fa provare ancora la stessa emozione.

Tutto sembrava perfetto, ma come tutte le cose belle non durarono a lungo, ci furono giorni cupi, che difficilmente dimenticherò.

Il caminetto era scoppiettante, davanti al fuoco una pentola consegnava all'aria il buon odore di un bollito, in ginocchio su una pelle di Illavac, ero intento a spostare le braci e rimpinzare le fiamme con altro legname.

Qualcosa mi distolse da i mille pensieri che attanagliavano la mente ultimamente.

Sentii cadere qualcosa in direzione della camera, corsi immediatamente a verificare, e vidi lei intenta a cercare di alzarsi.

"Ehi amore, ferma non sforzarti devi rimanere al caldo e riposare, sono qui non devi far altro che chiamarmi, sai ti stavo preparando una bella zuppa di Ihgnuf che a te piace tanto, vedrai che poi ti sentirai meglio, lo senti che profumino?"

"Voglio vedere nascere il sole."

Disse con voce rauca.

"Non credo sia un buono idea e poi e quasi pronto da mangiare"

Le dissi.

"Ti prego portami fuori!"

Insistette aggrappandosi ai miei pantaloni.

Al sentire queste frasi mi mancò il respiro, il cuore mi si fermò, le appoggiai la testa contro il mio addome, guardai in alto e mi strinsi in una smorfia di dolore che sembrò eterna.

Mi chinai su di lei e la presi in braccio assieme alla coperta.

Spinsi la porta di ingresso che per un attimo parve resistere, e cigolando come un lamento, avrebbe voluto tanto che desistessi dal lasciare l'uscio.

Fuori c'era un po' di foschia, i petali rosa dell'albero dei Iredised, aveva ammorbidito il sentiero di terra battuta e ciottoli, che a lei piaceva tanto, baciato dalla rugiada mattutina era tutto un luccichio, ai lati persino le ragnatele sembravano addobbi, aveva fatto freddo quella notte.

Dietro piano piano nascosta dalla nebbia, la nostra piccola casa scompariva, assieme a lei i lunghi giorni di amore, fatica e sudore che tanto ci avevano uniti nel desiderio di avere un nido tutto nostro.

Adesso si vedevano solo gli alberi da frutta, che lei nel suo piccolo orticello se ne prendeva cura, ma era tanto ormai che li aveva abbandonati, le foglie gialle erano come riflessi nella notte, baciate dai primi raggi del sole.

Le alzai la testa e gli diedi un bacio, per un attimo giocammo con i respiri nell'aria, il suo dolce sorriso mi rapiva, anche se la sofferenza gli si leggeva sul viso.

Mi si strinse addosso tossendo.

"Non è niente."

Le dissi sistemandogli il cappuccio per non farle prendere freddo.

Una leggera brezza arrivava da nord, il suo profumo si levava nell'aria, per me in quel momento, era come un pugnale che si contorceva nelle budella, l'avrei amato fino alla morte e da quel giorno l'avrei consumato per riabbracciarla.

"Siamo quasi arrivati amore."

Dissi passandole una mano sulle gambe per riscaldarla.

Proseguii ancora per qualche metro.

Arrivammo sul masso che tanto ci aveva fatto sognare nelle calde serate d'estate, dove scorrazzavamo spensierati a rincorrere Eloiccul luminose, cosi leggiadre danzatrici dell'aria.

Mi sedetti e tenni lei sulle gambe.

Spostai leggermente il cappuccio indietro, e vidi che aveva la fronte sudata, gli passai un angolo della coperta per tamponare e notai poggiando la mano che era molto calda.

"Sicura che vuoi rimanere qui, hai di nuovo la febbre, e meglio che tu stia al caldo."

Le dissi preoccupato.

"Grazie che ti preoccupi per me, grazie per tutto quello che hai sempre fatto per me, di tutto quello che ti sei negato per me."

Disse lei accarezzandomi il viso con una mano.

"Sei il senso della mia vita, non potrei fare diversamente."

Le dissi baciandogli la mano.

Lei si voltò verso il sole e con voce rotta dall'emozione disse:

"Guarda amore sta nascendo!".

I raggi del sole iniziavano a filtrare tra i rami degli alberi delle montagne di fronte, già si sentiva il calore che trasportavano, lei chiuse gli occhi sospirando.

"Ti amo piccolo mio, ti ho sempre amata e ti amerò sempre."

Disse voltandosi verso di me e riaprendo gli occhi.

"lo so piccolina, l'ho sempre saputo, anch'io ti amo e più di quello che tu possa immaginare."

Esclamai quasi imbarazzato come fosse la prima volta che sentivo una frase del genere.

Ad un tratto lei ebbe un attacco di tosse, ed io le portai la testa sotto il mio cappotto di pelle di un Illavac femmina.

Solo le femmine avevano il pelo tanto lungo da poter essere utilizzato per la creazione di cappotti e coperte.

"tranquilla adesso ti passa."

Le dissi stringendola a me.

"Ecco prendi questa foglia di Atnem ti darà un po' di sollievo."

E gli porsi la mano con piccola cura.

Era peggiorata ultimamente, e così la mattina mentre lei dormiva, uscivo e raccoglievo qualche foglia qua e là che tenevo in tasca in caso di necessità.

"Non inghiottire masticala, per beneficiarne solo del liquido balsamico."

Dissi sfiorandogli la guancia con le dita.

"Ecco brava così!

Buono vero?

Il profumo si sente fino a qui, vedrai che ti farà effetto subito!"

Le dissi sistemandogli alcuni capelli che erano usciti dal cappuccio.

La tosse si calmò, lei chiuse gli occhi e respirò a fondo.

"Grazie piccolo, sto già un po' meglio"

Mi disse guardandomi con le guance rosse.
"Hai freddo?"
Le chiesi.
"Un po', ma non ha importanza, ci sei tu qui a scaldarmi più del sole!"
Disse guardandomi con gli occhi lucidi.
"Vuoi che rientriamo?"
Le chiesi un po' preoccupato.
"No, ma se tu vuoi puoi lasciarmi qui!"
Disse guardando a terra e con voce tremolante.
"Perché dici questo?
Lo sai che non ti lascerei sola per un momento!"
Risposi con sorpresa.
"Non voglio che tu mi veda così, voglio che mi ricordi com'ero un tempo, quando ci siamo innamorati."
Disse con nodo alla gola.
"Ma io ti vedo sempre così, sempre bellissima, sei il mio amore e ti starò vicino sempre nel bene o nel male!"
Le dissi stringendola a me.

"lo so piccolo mio, lo vedo in tutto quello che fai, ogni tua azione è imbevuta d'amore per me, ma non puoi vivere così, non posso darti questo peso."

Continuò facendo a piccoli pezzetti una foglia secca che aveva preso lì a terra.

"Rientriamo la febbre deve essere salita, inizi a parlare in maniera confusionale, ti metto in letto, ti porto un po' di minestra e così a pancia piena farai un bel sonnellino, magari continueremo questo discorso dopo che ti sarai svegliata, altrimenti spero tanto che te ne sia dimenticata!"

Le dissi con fare deciso ed intento ad alzarmi.

"No, fermo! Resto qui te l'ho detto, nulla ha più senso non capisci?"

Mi disse lei alzando il tono della voce e iniziando a piangere.

"Basta ti riporto in casa, non sei in te, non voglio parlarne, è un discorso stupido, non sei lucida!"

Le dissi trattenendo la rabbia.

Lei scese dalle mie gambe e si sedette vicino.

“Ah è un discorso stupido? Guardami, guardami!

Non riesco nemmeno a stare in piedi, ho solo il ricordo delle nostre passeggiate, non posso più donarti il mio corpo, perché ormai è marcio sia dentro che fuori, ti sto uccidendo tutti i bei ricordi che hai di me, è questo quello che vuoi?

Io no!

Non posso condizionarti in questo modo, tu sei ancora giovane, hai una vita davanti, puoi ancora farti una famiglia, avere dei figli e io cosa posso offrirti? Non c’è futuro non lo vedi?”

Lei piangeva a dirotto coprendosi il viso con le mani, mentre me ne stavo lì ad osservarla con il mondo che mi crollava addosso.

“Non dire così ti prego!”

Dissi con il volto che all’improvviso mi si coprì di lacrime.

Allungai la mano verso di lei.

“Su non fare così ti prego!”

Le dissi.

Lei con uno schiaffo mi spostò il braccio.

"Ma sei proprio cieco?

Non lo vedi?

Sto morendo e tu a questo, non puoi fare niente, niente!"

Urlò disperata.

A questo punto l'afferrai con tutte le mie forze e la strinsi a me, come non avevo fatto prima, lei mi abbracciò ai fianchi ed insieme piangemmo come non mai.

Le alzai la testa con un dito sotto al mento e la baciai, unendo le lacrime in un'unica disperazione.

"Se solo avessi più tempo."

Disse sottovoce baciandomi la mano.

"Tu sei il mio amore più grande, ma domani ne sarai anche il dolore."

Dissi stringendola tra le braccia rimanendo senza fiato.

In quel momento sarei voluto precipitare da quel masso giù per la scarpata, non potevo credere che ci saremmo divisi, non potevo immaginare una vita senza di lei, no, non potevo accettarlo e allora presi una decisione senza la minima esitazione.

"Ce la fai a stare in piedi?"

Le chiesi.

Lei alzo la testa guardandomi.

"Si."

Disse sorridendo e confermando con un cenno della testa.

L'aiutai a sollevarsi e le presi il viso con le mani sulle guance e la baciai, la baciai come non avevo fatto sinora.

Era stato bello ma allo stesso tempo terribile.

"Adesso dammi la mano."

Dissi allungandole il braccio.

"Ehi ma stai tremando, devi stare tranquilla sono qui con te."

Dissi assieme ad una lacrima che precipitava nel nulla, accompagnata dal pietrisco del ciglio.

"Chiudi gli occhi."

Le sussurrai a denti stretti e con il volto immerso in una smorfia di dolore.

Feci un passo avanti.

Ora potevo sentire il vento, il suo canto tra i rami e il suo coro sfiorando l'erba.

Poco lontano si sentiva il cinguettio di alcuni Illeccu da poco affacciati alla vita.

Chiusi gli occhi, ma non cambiò nulla, la realtà che mi aveva schiaffato in faccia faceva male al cuore era sempre lì, vivida come prima.

Tutti i momenti più belli trascorsi insieme, balenavano nella mente, torturandomi l'anima.

Il ricordo nitido di quando finimmo di costruire la nostra casa, di quando realizzando il viottolo, ne ho memoria come fosse adesso, ci guardammo entrambi col naso sporco di terra, ridendo a crepapelle.

Del primo raccolto di frutta, che ne mangiammo tanta da avere mal di pancia per giorni, ma pur eravamo pur sempre felici.

Della prima volta che facemmo l'amore.

No, non poteva finire tutto così.

Aprii gli occhi, osservavo lei, sembrava appagata, voleva farla finita e stava aspettando il mio prossimo passo, quello della fine, quello che le avrebbe fatto smettere di soffrire.

Il suo gesto per tenermi in vita dopo l'incidente, le aveva causato la perdita del dono dell'immortalità, e di conseguenza un'irreversibile e rapido invecchiamento.

Però li portava bene i suoi poco più di duemila anni, ne doveva aver viste di cose, e dentro di me ho sempre sperato che l'avermi incontrato, sia stata per lei la cosa più bella di tutta la sua esistenza.

Avrei voluto tanto invecchiare assieme a lei, averla seduta sulle gambe, vivere l'ultimo respiro immerso nei suoi occhi, sentendo le sue mani sul petto, morendo sulle morbide labbra, e poi spegnere gli occhi con il suo viso impresso dentro di me per sempre.

Feci un passo indietro e la tirai verso di me.

"Non possiamo arrenderci adesso, non possiamo buttare via tutto, dopo quello che abbiamo passato, non è giusto, mi hai donato la vita, e io non ho fatto nulla in cambio.

Tu adesso verrai con me, concedimi solo questo, perché abbiamo una cosa da risolvere e lo faremo assieme, vedila come una nuova avventura!"

Dissi prendendola in braccio e riprendendo il sentiero verso casa.

A pochi metri dalla nostra dimora, avevamo costruito una piccola copertura di legno, per il nostro fidato Fulmine, immerso con la testa dentro al fieno, che ogni giorno dovevo rimpiazzare perché ne andava ghiotto.

Avevamo deciso di chiamarlo così, dopo essere fuggiti dalla torre, eravamo rimasti impressionati dalla sua velocità pur avendo a carico due persone, quindi quale migliore appellativo gli si poteva attribuire a un tale portento.

La feci sedere su di una cassa dove tenevo gli arnesi da lavoro, e diedi una carezza al nostro amico.

"Hai ancora freddo?"

Le chiesi.

"No, ora sto bene e poi oggi il sole mi vuole bene! Ma dove mi porti?"

Chiese lei con un sorriso di complicità.

"Vedrai!

Sono in debito con te e a me piace poter ricambiare, non resterò qui a guardare, fidati!"

Le dissi mentre sellavo l'Illavac.

"Tu aspetta qui, prendo qualcosa da mangiare in caso ti venisse fame, un paio di cose che mi serviranno dopo e poi si parte!"

Dissi felice come se organizzassi una bella gita, beh in effetti se quello che stavo pensando avrebbe funzionato, sarebbe stata quella che avrebbe cambiato la nostra vita.

Non potevo aspettare la notte, non sapevo quanto tempo gli sarebbe rimasto, e quindi in sella al nostro amico d'avventure, partimmo incoscienti dei rischi che potevano interrompere definitivamente il nostro ultimo viaggio, cancellando così ogni mia più piccola speranza.

Se avevo fatto giusti i miei calcoli, saremmo arrivati di sera, qualche ora di attesa e poi celati dall'oscurità, ne avremmo potuto approfittare per intrufolarci all'interno della torre, sempre che Suicul abbia mantenuto la sua promessa, altrimenti le nostre speranze si riducevano allo zero.

Durante il tragitto, sentivo la sua presa allentarsi, così ero continuamente costretto a lasciare le redini, per evitare che cadesse.

"Lo so piccola, ma resisti vedrai che dopo starai meglio te lo prometto!"

Le dissi tirandola contro di me.

Attraversammo valli bellissime, che nemmeno ricordavo aver percorso prima, ma i miei occhi non trovavano giovamento, non riuscivo che a pensare a lei, sentivo che in qualche modo già mi mancava, anche se per ora la sentivo addosso.

Fulmine sembrava aver capito la gravità della situazione, ed era intenzionato ad arrivare a qualsiasi destinazione, senza la minima sosta, tant'era prodigiosa la sua veloce galoppata.

"Ecco la torre amore, siamo quasi arrivati!"

Esclamai sollevato.

Sentii solo qualche mugugno in risposta.

"Resisti!

Resisti ti prego!

Ancora un ultimo sforzo!”

Le dissi.

Passai da un momento di sollievo ad un momento di angoscia in un attimo, mancava così poco, non potevo pensare che mi avrebbe lasciato da un momento all’altro, proprio mentre eravamo quasi giunti a destinazione.

La torre era ormai vicina.

Decisi così di fermarmi nascosto da alcuni massi che notai poco più avanti.

Tirai le redini per rallentare Fulmine, spinsi sulle staffe e il buon Illavac si fermò.

Scesi tenendo lei ferma con un braccio, povera doveva essere esausta, il viaggio non era stato poi così tanto lungo grazie al nostro amato destriero, ma lei era partita già in gravi condizioni ed ora sembrava veramente sul momento di lasciarmi.

La sdraiai sull’erba dietro alla massiccia copertura.

Legai Fulmine su un ramo che spuntava tra i due macigni.

Mi chinai su di lei, le accarezzai il viso sussurrandole:

“Torno subito amore mio.”

Avanzavo accovacciato tra i cespugli per non farmi notare da eventuali presenze, ma sembrava non esserci nessuno nei paraggi.

Tra poco la luce del sole avrebbe lasciato il posto alle tenebre, che loro malgrado questa volta ci verranno in aiuto, mantenendo segrete le nostre figure.

Ebbi un’idea, quindi approfittai dell’occasione per raccogliere dei rametti secchi dal terreno.

L’intuizione di circondare il nostro giaciglio, disseminando il terreno con tanti rametti secchi, in modo tale che se si sarebbe avvicinato qualcuno l’avremmo sentito calpestarli.

Tornai da lei, in quanto col calare del sole si alzava un preoccupante livello di umidità, cosa che avevo calcolato portando dietro qualche coperta di riserva.

Creai un base di fogliame secco dove sopra ci srotolai una delle coperte, in modo da evitare il più possibile il contatto diretto col terreno, una volta che ci avrei posato lei sopra.

"Ecco amore, così non avrai freddo, prendi anche una foglia di Atnem, così respirerai meglio, ci muoveremo al calar del sole" Dissi sistemandole le coperte.

"Amore cosa stai facendo, ti prego lasciami andare, non hai bisogno di questo, lo so che mi ami, non hai bisogno di altre dimostrazioni, se mi vuoi bene ti prego non sprecare altro tempo".

Le tenevo la testa ferma con una mano, mentre parlava il mio pollice interruppe ad una lacrima il segno della sua discesa.

"Ehi non dire così è proprio perché ti amo, e perché non potrei esistere senza di te, che faccio tutto ciò, lo so che può sembrare egoistico, ma tu non te ne andrai via da qui senza il mio permesso, e non lo avrai mai, perché tu meriti di vivere ed io sono in debito con te, questo è il minimo che io possa fare.

Adesso riposiamoci un po' ci aspetta una lunga notte" dissi mentre mi strinsi accanto a lei baciandola sulla fronte.

Mi svegliai di soprassalto a causa di un rumore, sembrava che qualcuno sia caduto proprio nella nostra trappola.

Raccolsi da terra una pietra che avevo già individuato vicino a me, e prono come un animale pronto ad attaccare, mi recai verso la posizione da cui avevo sentito provenire il rumore.

Mi posizionai dietro un cespuglio, c'era qualcosa a pochi metri da me, ma il buio mi aiutava da una parte e mi accecava dall'altra.

Nella testa pensieri discutevano tra loro, creavano confusione, rosicavano la lucidità.

Era un continuo borbottare come un eco "Attento se sbaglierai una mossa finirà tutto, e le tue speranze se ne andranno via con te".

"Basta, basta!" dicevo dentro di me, dandomi degli schiaffi morali, "tornate nell'ombra maledetti".

Era vicino, era il momento.

Mi alzai di scatto fiondandomi contro l'entità difronte, caricando il colpo con tutte le forze che avevo, e sferrai un fendente dove la pietra poi ne avrebbe condito l'impatto.

Andò giù come un albero secco e io gli caddi sopra, come una furia stavo caricando già il prossimo colpo, ma lui con fare esperto lo deviò a terra e stringendomi la testa con l'altro braccio mi strinse talmente forte che non riuscii nemmeno più a respirare.

"Sta fermo! Chi sei? Perché mi hai attaccato?"

"Quella voce..."

"Suicul, Suicul sono io Xam!" dissi sorpreso e quasi impossibilitato a parlare.

"Xam, Xam? Sei tu? Ci è mancato poco che mi uccidessi" mi rispose con tono tra il perplesso e lo stupore, allentando la presa.

"Scusami, non sapevo chi o cosa fosse ho solo agito d'istinto, se mi lasci ti aiuto ad alzarti".

Una volta in piedi, ci abbracciammo talmente forte che sembra stessimo continuando la lotta.

"Mi sei mancato caro amico mio, sono felice di vederti, alla fine hai rispettato la tua promessa e questo ti fa onore, lo sapevo che potevo fidarmi di te, ma corriamo da lei adesso non c'è tempo da perdere" dissi emozionato e commosso.

"Cos'hai fatto ai capelli e dove sono finite quelle mille treccine? E questa barba da dove salta fuori?"

Continuai osservandolo da cima a fondo.

"Lei è qui con te?" Suicul si espresse con sorpresa.

"Sì, e sta male credo che ci lascerà presto e c'è una cosa sola che possiamo fare e sai quale, portarla alla vasca!" Gli dissi tirandolo per un braccio.

In un attimo arrivammo da lei, ma non fummo gli unici.

A pochi metri dal giaciglio, un gruppetto di Ipul sondavano il terreno annusando le tracce del nostro passaggio.

Fulmine era nervoso e continuamente batteva gli zoccoli a terra, mentre lei ancora sdraiata, immobile come quando me n'ero andato, sembrava dormire.

"Suicul distraili mentre io cerco di calmare Fulmine altrimenti qualcuno potrebbe rilevare la nostra presenza"

Dissi mentre cercavo di afferrare le redini dell'Illavac.

"Tranquillo Xam, ormai mi conoscono, non devi aver paura di loro, sono docili, cioè ce li ho fatti diventare, non mi è mancato il tempo per addolcirli, sai stavo avevo fatto una promessa a qualcuno..." Disse abbracciando il collo dell'animale accarezzandolo con forza.

"Su via adesso non ho tempo per giocare" Suicul con un gesto della mano li fece allontanare.

"Suicul tu non sai che spavento ho preso quando li ho visti dirigersi verso di lei" Dissi spingendolo via e facendo finta di lanciargli contro qualcosa.

"Oh tu non sai che storie che potrei raccontarti su di loro, e le pene che mi hanno fatto passare qui, gli agguati che mi facevano, sempre aspettando l'arrivo di qualcuno di mia conoscenza...Sono stati capaci anche di ribaltarmi le provviste e leccarsi tutto l'idromele! Mi viene ancora il nervoso se ci penso, tutta la luna senza nemmeno un goccio!" Esclamava ridendo, mentre scalciava dei piccoli rametti secchi lì vicino.

"Ma guarda come devi prendermi in giro, ma ti sembra giusto? Sei tu che hai voluto accettare, sei tu che hai detto te lo prometto! Non te l'ho mica chiesto io?" Gli dissi alterandomi cercando di stuzzicare la sua attenzione.

"Senti che ipocrita che sei, lo sai quante lune ho dovuto attendere il tuo arrivo? Lo sai quanto ho rischiato? Potrebbero avermi esiliato chissà in quale lurido abisso a quest'ora, mentre tu facevi il romanticone con lei…" Rispose alzando le braccia al cielo scuotendo la testa.

"Cosa hai detto scusa? Non ho sentito!" Dissi arrotolandomi su le maniche.

"Ragazzi basta!! Finitela!!" Disse lei a terra.

"Vi sembra questo il momento di giocare? Non avete un minimo di rispetto, sto morendo lo volete capire? Ed è questo che volete io ricordi di voi due?" Disse lei portandosi la mano sulla bocca ed iniziando a tossire.

Entrambi accorremmo da lei, Suicul si mise in ginocchio all'altezza dei sui piedi, mentre io estraevo dalla tasca una foglia di atnem.

"Tieni" Le dissi.

"Non voglio più niente né da te né da te, capito? Voglio solo morire lo capite? E voglio farlo da sola!" Disse indicando Suicul per ultimo ed iniziando a piangere, voltandosi dal lato opposto al nostro e coprendosi il viso col cappuccio.

"Suicul devi dirmi immediatamente qual è la situazione, il posto è sicuro? Dobbiamo entrare adesso, inizia ad avere le allucinazioni, e non voglio viverle di nuovo, ti prego aiutami ad alzarla" Dissi indicandogli di sollevarla per le gambe.

"Ok, ma rallenta, è da un poco che sono qui con te, e potrebbe esser cambiato qualcosa all'interno, bisogna che verifico prima di entrare, altrimenti addio a tutte le nostre speranze!".

"Bene adesso solleva piano piano, ecco bravo! Tienile coperte le gambe mi raccomando, adesso inizia a fare freddo. Io sto davanti, la metteremo a terra di fianco l'ingresso, io resterò con lei e tu entrerai a verificare, va bene?"

Dissi dimostrandomi all'altezza del compito.

Suicul annuì, quasi felice di prender ordini.

Arrivati all'uscita della grotta, Suicul lasciò la presa una volta sistemata lei a terra.

Era molto tenero vedere come le sistemava la coperta sotto le gambe, e come ne accarezzava i suoi risvolti, si vedeva che c'era dell'amore nei suoi gesti.

"Fatto, ma mi serve che tu venga con me un attimo" Mi disse lui tirandomi per un braccio.

Ci spostammo di qualche metro, ed io rimanevo sempre con gli occhi incolati su di lei.

"Che c'è Suicul, non hai capito che non abbiamo tempo? Vai a controllare per favore, io devo rimanere con lei non possiamo lasciarla da sola!"

"Lo so, ma scusami per prima, non volevo, forse la gelosia mi ha offuscato la ragione, era tanto che non la vedevo, e trovarla in questo stato, mi ha scosso qualcosa dentro, ti prego perdonami non accadrà più".

Mi disse cercando di abbracciarmi.

"Ma per favore Suicul, pensavi veramente che me la sarei presa?

Sì, sul momento ero un po' titubante, ma posso capire cos'hai passato qui da solo, in atteso di qualcuno che forse non sarebbe mai arrivato, e con in mente il suo viso che forse non avresti più rivisto…" Gli dissi cercando di incrociare il suo sguardo che volutamente lui schivava.

"Grazie, grazie, non avrei mai pensato di sentirti dire queste parole, le apprezzo molto." Disse tenendomi una mano sulla spalla e con l'altra coprendosi il viso.

"Su adesso vai, fai presto non so' quanto resisterà ancora!" Gli dissi spingendolo in avanti con una pacca sulla schiena.

"ok, ok, aspetta un mio segnale." Disse passandosi il dorso della mano sugl'occhi.

Mi accovacciai vicino a lei nell'attesa, con gli occhi incollati in direzione dell'ingresso.

"Possiamo andare!" Dissi a lei vedendo Suicul sbracciarsi da lontano.

La presi in braccio avvolgendola nella coperta come un piccolo feto.

Aveva perso molto peso, era facile trasportarla, era più pesante la sofferenza pungente di vederla in quello stato.

Il viso aveva nuove rughe anticipate dal tempo che correva veloce.

La pelle non era più il velluto di una volta, ma era lei, non mi importava d'altro, anche se il cuore ingannava gli occhi.

"Eccoci Suicul, dammi solo un attimo che l'adagio a terra."

Lui mi guardava intenerito, probabilmente si stava chiedendo come facessi a sopportare tale supplizio, ma quando si ama una persona, non c'è nulla da dimostrare, è il cuore che comanda e lei era la mia dose di glucosio, senza non poteva battere.

"Probabilmente le guardie saranno dietro la porta, ma come facciamo ad entrare, non possiamo aprire dall'esterno."

"Non ti preoccupare, dov'è il tuo Illavac?"

Gli risposi.

"È qui vicino, l'ho legato su un albero, vicino a dove mi accampo di solito."

"Bene, portalo qui ci servirà, intanto preparo anche il mio."

"Ancora una cosa quanti palmi misura la tua lunghina?"

Chiesi.

"Non saprei forse un palmo più di me, ma cos'hai in mente?"

"Ti spiegherò appena torni."

Qualche minuto dopo Suicul tornò col suo possente animale, nel frattempo avevo sbrogliato la corda che avevo portato con me.

"Bene vieni qui adesso ti spiego cosa faremo:

Legheremo le due lunghine assieme, in modo che i nostri due amici siano legati l'uno all'altro, poi dove c'è il nodo ci passeremo attorno la corda.

Le estremità le annoderemo alle cerniere della porta, in questo modo i nostri Illavac potranno tirare insieme e bilanciati! Speriamo solo che funzioni.

Inoltre servirà creare un piccolo cumulo di pulviscolo del terreno intorno alla zona antistante la porta, se i miei calcoli sono giusti, quando la porta cadrà a terra grazie alla spinta dei nostri Illavac, il tonfo alzerà in aria un gran polverone, questo sarà il nostro effetto sorpresa per le guardie che saranno all'interno, con la tua esperienza poi stordirle sarà uno scherzo!"

Una volta messi fuori gioco ci prenderemo le loro armature, certo non dico che sarà facile, le mie capacità si riducono a qualche colpo di fortuna, ma unita alle tue capacità, non ci fermerà nessuno vedrai, bisogna essere ottimisti nella vita!

Suicul aveva accennato una smorfia.

"Ehi andrà tutto bene vedrai e se ci prenderanno, giocheremo la carta del papà, ci dovrà ascoltare, si tratta pur sempre di sua figlia."

"Bene mettiamoci al lavoro, il tempo non ci aspetta."

Gli dissi dandogli una pacca di incoraggiamento sulla spalla.

Una volta strappato Fulmine dai sui immensi pasti, iniziammo a legare le due lunghine e infine la corda alle cerniere delle porte.

Suicul offrì il suo mantello per trasportare il pulviscolo che recuperammo qua e là, dai punti dove il terreno era più asciutto.

Mi ero preso un attimo di tempo per vedere come stava Iel, e per coprirle il viso col cappuccio ad evitare che la polvere le potesse disturbare la respirazione, visto che già erano insorte delle difficoltà.

"Ecco fatto siamo pronti. Suicul portati di fianco alla porta, via dal suo raggio di azione, quando sarà a terra, entra e fai quello che sai fare meglio!"

Asserì con un cenno della testa.

Mi misi tra i due Illavac e diedi uno schiaffo ad entrambi, sulla coscia della zampa dietro a fianco alla coda, nel punto più tonico dove erano ben visibili le fasce muscolari, incoraggiandoli a partire con un urlo.

I due possenti animali si impennarono all'improvviso e si lanciarono in avanti, ignari che una volta che si sarebbe tesa la corda avrebbero ricevuto un contraccolpo, che forse proprio grazie alla loro smisurata possanza non ne avrebbero minimamente risentito.

Dovetti scansarmi dal pietrisco lanciato dalle formidabili falcate, gettandomi di lato volando letteralmente sotto la corda. Non toccai terra che vidi una delle due ante passarmi dietro.

Fu lo spostamento d'aria ad indicarmi che ne ero uscito incolume.

Finii a rantolare tra l'erba, mentre Suicul spariva accovacciato tra la polvere.

I due Illavac si erano fermati più' avanti, da quello che potevo vedere vista la distanza, sembravano stare bene, immersi nello strofinarsi il collo tra di loro.

Non riuscivo a vedere Iel, mi alzai di scatto con il cuore in gola.

A coprirmi la visuale c'era una delle due ante divelta e completamente spalancata.

Era rimasta attaccata alla cerniera in basso, in quanto la sede di legno di quella sopra che avevo legato, era andata in mille pezzi e con sé anche la cerniera e le sue borchie.

Forse era stato un bene che non fosse caduta a terra, in questo modo ha fatto da scudo a Iel eliminando la possibilità che venisse colpita dal pietrisco che si era levato nell'aria.

Arrivai da lei in un balzo.

Era lì accovacciata con le ginocchia sotto il mento, ancora tutta avvolta dalla coperta come l'avevo lasciata.

"Ehi tesoro, stai bene?"

Le dissi tirandole indietro parte della coperta e il cappuccio.

"Incredibile quello che sei riuscito a fare, sei veramente un pozzo di sapienza, riesci sempre a trovare la soluzione a tutto, e anche per questo che ti amo, per la tua forza d'animo.

Ma questo non cambierà il fatto che io stia morendo e che a questo non potrai trovare rimedio."

Nel frattempo dietro di me era arrivato Suicul.

Batteva le mani per liberarsi dalla polvere, un po' credo lo facesse per dimostrare qualcosa, sicuramente avrà steso qualche guardia e quello era il segnale della sua riuscita, aveva lo sguardo di uno che stava per cominciare a ridere, ma gli volevo bene lo stesso.

"Suicul com'è andata hai trovato resistenza immagino?"

"Si ma non dobbiamo preoccuparci di nulla, stanno facendo un bel sonnellino adesso!"

Rispose orgoglioso.

"Sei stato bravo, senza di te non ce l'avremmo fatta, ma non è finita dobbiamo entrare adesso."

Gli dissi tenendogli una mano sulla spalla.

"Posso dire lo stesso di te, hai escogitato qualcosa di unico, io non sarei mai riuscito a mettere insieme una cosa del genere."

Gli passai più volte la mano tra i capelli per ringraziarlo delle belle parole, e una nuvola di polvere si alzò verso il cielo, ci fece ridere e tossire, per un attimo dimenticammo il vero motivo per il quale eravamo giunti fino a lì.

Ormai il pulviscolo stava adagiandosi piano piano, presi in braccio Iel, Suicul si mise subito davanti, scortandoci insieme alle nostre speranze verso l'interno.

Appena entrati notai a terra del sangue.

"Suicul cos'è successo qua dentro?

Eravamo d'accordo che li avresti storditi, come mai c'è del sangue?"

"Si l'ho notato anch'io quando sono entrato, sul pavimento c'era già una guardia con il volto tumefatto.

Penso che nel momento in cui le porte si sono aperte, doveva essere giù l'asse di legno che le teneva chiuse.

Se guardi bene laggiù potrai notarne una parte, l'altra sarà rimasta attaccata all'anta della porta che è volata via, perché non l'ho trovata.

Fatto sta, che questa deve aver colpito al volto la guardia che adesso è lì a terra.

Diciamo che questo ha giocato a nostro favore.

Se solo avesse tenuto giù la visiera forse gli sarebbe andata meglio."

Suicul sembrava un po' triste mentre parlava, forse malinconico.

"Deve esser stato proprio un bello schiaffo!"

Gli risposi stupefatto.

La polvere nell'aria contornava le forme dei raggi del sole che si infilavano con prepotenza nella penombra della stanza, illuminata solo da qualche torcia qua e là.

"Suicul scusa, ma c'era solo questa guardia a controlare l'ingresso?"

Chiesi guardandomi attorno.

"No, ce n'era un'altra, ora ho adagiato il suo corpo sotto la scala in modo che nessuno lo noti nell'immediato, e gli ho legato i polsi assieme alle caviglie, con il laccio di pelle di uno dei bracciali, cosa che farò adesso anche con l'altro."

Mi disse guardandosi le mani, che notai essere arrossate.

"Ah! Vedo che non sono l'unico pozzo di scienza allora? Cosa è successo all'altra guardia?"

Chiesi ridacchiando e osservando una smorfia di soddisfazione dipingergli il viso.

"Quando entrai la trovai chinata con le mani sul viso.

Stava tossendo a causa del pulviscolo che aveva invaso l'ingresso, e quindi ne ho approfittato per colpirlo alla nuca con entrambi le mani, dopodiché il resto lo sai."

"Continui a stupirmi caro amico, sei veramente unico"

Dissi scuotendo la testa.

"Pensi che qualcuno ci abbia sentito?"

Chiesi tenendo d'occhio le scale con i suoi gradini che salendo, sparivano verso destra.

Suicul intanto, stava già trascinando il corpo dell'altra guardia sotto la scala.

"Fatto puoi star certo che non andranno da nessuna parte, non possiamo rischiare che si liberino e avvisino gli altri, tantomeno che ci blocchino il passaggio al ritorno."

Suicul afferrò una torcia dalle pareti ed Iniziammo a salire le scale.

Poggiai le labbra sulla fronte di Iel, aveva la fronte calda e aveva ripreso a sudare.

“Dobbiamo fare presto, ha di nuovo la febbre, anche se le scale mi stanno uccidendo le gambe, senza di loro vivrei comunque, ma non potrei senza di lei!”

“Vuoi che la porti un po’ io?”

Chiese Suicul.

“No tranquillo ce la posso fare, non dovrebbe mancare molto.”

Sapevo quanto ci teneva, ma ogni passo che facevo stringendo lei in braccio, era senso alla mia inutile vita altrimenti.

Potevo perderla in qualsiasi momento.

Arrivammo alla porta senza incontrare nessuno.

“Suicul la chiave è nella tasca di sinistra, prendila tu per favore, non posso mettere Iel a terra, il pavimento è gelido.”

Lo so che anche lui avrebbe voluto averla tra le braccia un’ultima volta, ma non mi importava avrebbe capito.

Estrasse l’oggetto dalla tasca senza rinunciare a mostrarmi uno amaro sguardo.

Inserì la chiave, e prima di girarla nella serratura fermò la sua mano e mi guardò fisso negli occhi.

D'improvviso uno scatto.

"Xam si è aperta! Non ci avrei mai contato!

Strano, dopo tutto quello che è successo non hanno modificato la serratura."

Mi disse con un'espressione sollevata.

"Ci avrei scommesso anch'io, ho la strana sensazione che il padre abbia ordinato di lasciare tutto com'era, sapeva benissimo che saremmo tornati, e immagino anche il perché."

"Tu non sai di cosa sia capace mio padre, non avete la minima idea di cosa mia abbia fatto passare quand'ero piccola!"

"Amore non sforzarti, non devi…"

M'interruppe di colpo alzando la voce e sovrastando la mia.

"No, non me ne starò zitta invece, è giusto che sappiate con chi avrete a che fare!"

Disse scostando via la testa dalle mie labbra mentre cercavo di baciarla sulla fronte.

“Nessuno doveva sapere che ero sua figlia, così mi nascose nel punto più remoto della torre, tanto nel profondo, che mi sembrava di sentire il grugnito dei demoni.

Non ho mai conosciuto mia madre, se ne andò il giorno che mi diede alla luce.

Lui era sempre preso dagli strascichi delle guerre, sempre a decantare le sue vittorie.

Credo che non abbia mai voluto una femmina, lui desiderava un maschio, che diventasse forte e coraggioso come lui, che prendesse un giorno il suo posto.”

Fece una pausa tossendo.

“Che se ne poteva fare di una bambina indifesa e bisognosa di mille attenzioni?

Ero solo una perdita di tempo.

Così ho passato la mia infanzia a giocare con i ratti, nelle segrete della torre.

Per ricordare la mamma, avevo coperto tutto il pavimento dei suoi vestiti, in modo tale che mentre me ne andavo in giro gattoni, avessi sempre la sensazione di stare abbracciata a lei.

Mi manca tanto mia madre, anche se non l'ho mai vista, l'immagino bellissima e piena d'amore e di speranza, se avesse guidato lei quest'impero, non saremmo qui ora."

Io e Suicul guardammo a terra inorriditi al sentire quelle parole.

"Non mi hai mai raccontato la tua storia, adesso capisco perché sei sempre stata schiva nel parlarne."

"Mi dispiace e credo di parlare anche a nome di Suicul, non torturarti più del necessario non sei in condizioni di affrontare gli spiriti dei tuoi ricordi, ti giuro che ti concederò tutto il tempo del mondo, ma non ora."

Fui costretto a coprirle il viso con il cappuccio senza aspettare nemmeno che rispondesse.

Anche se il mio gesto dentro mi uccideva, doveva capire che la mia preoccupazione era un'altra, la sua storia l'avrei potuta ascoltare in un secondo momento.

Intelligente com'era avrebbe capito.

La porta si aprì senza problemi di sorta, erano solo un brutto ricordo gli acciacchi della volta passata.

"Credi ancora nelle coincidenze?"

Mi chiese Suicul, dimostrando che la porta scorreva fluida sui perni.

"No, ma credo nei pentimenti."

"Sembra libero, non vedo nessuno nel corridoio, è il momento di andare, ma dobbiamo richiudere con la chiave la porta altrimenti potrebbe allarmare qualcuno che ad un controllo la trovi aperta."

"Hai ragione, dobbiamo entrare ed uscire senza che nessuno se ne accorga, anche se mi sembra di ricordare che poco fa abbiamo fatto saltare dai cardini la porta del piano di sotto…"

Suicul fece spallucce.

C'affacciammo entrambi al corridoio come un gatto che cerca il momento propizio per afferrare il suo giocattolo.

In un balzo arrivammo davanti alla porta dove all'interno si trovava la vasca della vita.

Suicul entrò per verificare, mentre noi due aspettammo fuori.

Sentivo delle voci giungere dal fondo del corridoio alle mie spalle.

Suicul non era ancora tornato.

Era passato il tempo d'un bicchiere d'idromele, anche se il peso della tensione lo rendeva eterno.

"Suicul, dove sei finito?"

Iniziai a battere il piede a terra dall'ansia.

Le voci iniziavano a sentirsi definite non c'era più tutto quel rimbombo che avevo sentito prima, segno che chiunque fosse, si stava avvicinando.

Non c'è tempo dobbiamo entrare!

Spinsi la porta e una volta dentro la tenni ferma.

Da uno spiraglio riuscii ad intravedere due guardie che voltarono l'angolo a pochi passi di distanza, che gesticolando erano immersi in chissà quale discorso.

L'avevamo scampata per un pelo di Illavac tosato!

Mi voltai e vidi Suicul tutto indaffarato, sistemare un accappatoio di pelo, di una razza di Ipul delle montagne nevose.

La differenza con le altre razze risiedeva in pelo più lungo e morbido, atto a resistere a temperature estremamente basse, dovute alla differenza di altitudine.

"Suicul ma che stai facendo?

Abbiamo quasi rischiato la vita là fuori, e tu te ne stai qui, a giocare con un Ipul morto?"

"Volevo rendermi utile, esiste ancora la cavalleria dalle mie parti!"

"Ti giuro che alle volte, non so se ci fai o ci sei!"

"Scusa, non volevo è che sono impaziente che tutto questo finisca, e che lei stia di nuovo bene, che la vita ricominci ad emozionarci!"

"Su adesso dammi una mano, dobbiamo prepararla e immergerla nella vasca."

Lei tremava mentre che piano piano il liquido le conquistava il corpo.

Forse era causa mia il gelo delle sue mani, non mi accorsi che le stringevo come fossero in una morsa.

Suicul era impaziente, faceva avanti e indietro per la sala strofinandosi i capelli con le mani.

"Ti prego smettila di fare così, preferisco che tu le stia vicino in questo momento, anzi vorrei tanto che ti sedessi qui vicino a me, perché anch'io ho bisogno di te in questo momento."

Mi strinse così forte che non seppi se piansi per quel motivo.

Credo che per un attimo ci addormentammo così.

Ogni tanto qualche convulsione le faceva tremare tutto il corpo, mentre ormai io ero esausto e immerso nella disperazione, il mondo e la mia esistenza erano come attratti da un buco nero senza alcuna via di scampo, nulla aveva più valore, avevo solo quella mano fredda tra le mie, a nutrire la speranza che possa un giorno vedere di nuovo il riflesso dei suoi occhi. Erano ore che tenevo la fronte appoggiata su quelle dita.

Non avevo più voglia nemmeno di piangere, ma solo di morire e se questo avrebbe unito di nuovo le nostre anime, sarei scivolato anch'io in quella gelida acqua, affogando il mio ultimo respiro sulle sue labbra.

Ad un tratto un colpo di tosse, e l'acqua fuoriuscì dal bordo della vasca, mossa dal movimento di lei che si dimenava.

Mi alzai di scatto, le tolsi dalla bocca il fiore di Gilbert e vidi quegli occhioni confusi che mi guardavano.

Piangendo le accarezzai il viso.

"Ciao piccolo Angelo mio, mi hai fatto quasi morire lo sai? Adesso sono qui non agitarti, come ti senti?"

Le dissi singhiozzando. Lei mi guardava , come se stesse fissando il vuoto, poi mosse gli occhi freneticamente a destra e sinistra, notai le sue labbra tremare, e aggrottando le sopracciglia, ruppe il silenzio. "Chi sei?"

Epilogo

Passai il tempo che le rimase a fianco a lei, la speranza che c'eravamo costruiti durò poco, la cura non ebbe effetto se non per qualche luna, poi tutto precipitò.

Tornò l'incubo della febbre seguita da debolezza e spasmi, peggiori dei precedenti, tutti effetti che avevo sepolto una volta usciti da quella vasca, dove m'ero promesso che sarei riuscito a farla mia di nuovo.

Il tempo passò veloce, ricordo ancora le sue dita accarezzarmi le labbra, lo ricordo come fosse ora, dita bellissime e affusolate elegantemente, certezza che qualcuno lassù esiste davvero, ma che mio malgrado non ho meritato la fatica del suo spettacolo.

Morì un pomeriggio di ottobre, dopo che il sole se n'era tornato a casa.

Rimasi lì attaccato a quelle labbra, finché il loro freddo mi allontanò.

La presi in braccio, sistemai i suoi bellissimi capelli rossi, sapevo che ci teneva molto ad averli sempre in ordine, mi accostai al dirupo dove tanto sognammo, e accompagnato dal vento.

Chiusi gli occhi ormai stanchi e mi lasciai abbracciare dalle stelle.

A terra, in parte cancellato dalle intemperie, c'era ancora il disegno di una famiglia che non vedrà mai la luce.

Qualcosa mi strappò da morte certa, tirandomi le vesti.

Caddi di schiena, parando la caduta di Iel contro il mio petto.

Dietro di me c'era Suicul, col suo mantello nero sorretto dal vento, e più in là il suo Illavac assieme al nostro fidato Fulmine.

Mi venne vicino chinandosi e mettendomi una mano sulla guancia, e con sorriso rassicurante, disse con voce ferma:

"Amico mio non demordere! Non è ancora finita!".

RINGRAZIAMENTI

Un Grazie va a mia Madre, che so che in fondo al cuore ha sempre creduto in me.

Ad Alessio e Veronica per avermi sopportato e spinto a non mollare. Anche a i loro due cani Zeus e Aura, che ogni volta che graffiano le gambe è per il semplice fatto, che vorrebbero abbracciarti ed insegnarti che il male non esiste.

A Roby, Eva, Federica e Daniele, mi mancate! Spero di compensare la distanza con quello che quelle righe vi trasmetteranno.

Un Grazie di cuore va senza dubbio a tutti i colleghi, che bombardavo di spezzoni, per sentirne i vari pareri.

A Manuela, che poverina nelle pause era sempre disponibile a sorbirsi tutte le ultime righe, e che mi ha sempre spronato e convinto, che questa era la strada giusta da percorrere.

A Marco, che ha fatto sì che io creda nuovamente in me stesso, e quando ha potuto mi ha sempre confortato, magari con parole dure ma ricche di significato e amicizia.

A Stefania, ti direi che non seve un cuore se poi resta vuoto, ma a te, ne servirebbero due tant'è pieno d'amore il tuo sguardo.

Ma il Grazie più grande va a quell'Angelo rosso, che mi ha aperto il cuore.

Ahimè questa pagina trova spazio anche per una piccola nota a mio padre:

Non sai cosa ti sei perso.

Si ringrazia inoltre di cuore, tutto lo staff del canale Telegram "Aforismi e Citazioni" (t.me/aforismiecitazioni), che con il loro amore, fanno sì che ogni giorno, splenda il sole su ognuno di noi.

Spero di non essermi dimenticato nessuno, in caso contrario, grazie anche a te!

Volevo inoltre sottolineare, che ora non mi sento uno scrittore, non lo sono mai stato, questa è solo una storia, se sarà qualcosa di più, sarete voi a giudicarlo e se scriverò ancora, e ne ho vera intenzione, saranno le vostre emozioni a dirlo.

Quindi grazie, anche a chi avrà il coraggio di tuffarsi tra queste righe!